하늘거미집

시작시인선 0214 하늘거미집

1판 1쇄 펴낸날 2016년 8월 24일
지은이 김세영
펴낸이 이재무
책임편집 김연필
디자인 이영은
펴낸곳 (주)천년의시작
등록번호 제301-2012-033호
등록일자 2006년 1월 10일
주소 (04618) 서울시 중구 동호로27길 30, 413호(묵정동, 대학문화원)
전화 02-723-8668
팩스 02-723-8630
홈페이지 www.poempoem.com
이메일 poemsijak@hanmail.net

ⓒ김세영, 2016, printed in Seoul, Korea

ISBN 978-89-6021-288-6 04810
        978-89-6021-069-1 04810(세트)

값 9,000원

하늘거미집

김세영

천년의
시 작

시인의 말

허공의 해류를 떠도는

청어 떼를 품으려고 던진

어부의 그물망,

하늘 거미의 집이

이 시집이다.

하루살이들의 군무를 보며
2016년 초하의 밤

김세영

차례

시인의 말

제3부

제1부 그물1 - 결

얼음골에서 견디다

적도의 심장이 화차처럼 이글거려도
내 몸이 녹아내리지 않는 것은
북해의 냉류가 등줄기를 냉각 코일처럼 감고 내려와
골짜기에 얼음골을 이루고 있음이다

산짐승의 울음소리에 달뜨지 않는 것은
정수리 위 오로라의 서기瑞氣가
온몸을 감싸고 있음이다

열기의 박동 소리가 능선의 나뭇잎을 흔들어도
뜨거운 핏물이 윗계곡의 바위를 달구어도
암반의 고드름은 흰 건반처럼 가지런하다

저물녘 암벽의 견고한 그림자로
골짜기 저수지의 얼음판 위로
별빛의 징소리를 내며 건너오고 있다

열대야의 밤에도 남극의 펭귄처럼
불면의 맨발로 빙판 위에 서서
몽당날개만 파닥이며 그를 기다린다.

나비의 창세기

검은 허물을 깨치고 나와
안개의 성내 미로를 탐색하는
갓 우화한 나비들

화차의 불화살 공격에
젖은 양모의 성벽이 타는 매캐한 냄새가
알파α 파로 첫 활공하는
나비의 파동을 헝클어뜨린다

뚫린 성벽 구멍 사이로 화살이
천자 바늘처럼 파고든다
찔리지 않으려고
젖은 날개를 파닥이며
양수 속의 태아처럼
요리조리 피해 다닌다

애벌레 때 갉아 먹던
색과 향의 입자가 코딩된
미로의 지도를 기억해두어야 한다
성벽이 다 녹아내리기 전에

날개의 문양으로 재현하기위해

부전나비, 호랑나비, 팔랑나비들……
안개의 성벽 위에 워터스크린처럼
날개의 족보들을 펼쳐 보인다

성벽이 자취도 없이 사라지면
망막의 잔상을 흉벽에 부조로 새겨
눈꺼풀에 빗장을 질러 잠그고
밤마다 나비의 창세기를,
내 몽상의 원전을 읽어본다.

허공의 어부

조각난 하늘만 쳐다보다가
시야가 좁아지고 흐릿해질 때는,
당산목 나뭇가지에 걸터앉아
그물을 손질하는 그를 찾아간다
바느질하는 그의 긴 손가락이
와이퍼처럼 내 각막을 닦아준다

낙엽처럼 떨어지는
조각 천을 모아 짜깁기해서
무채색의 칸칸에 미끼를 달듯
오감의 문양을 채워 넣어
공중에 그물 병풍을 세운다

구름떼로 몰려다니는
청어들을 그물로 포획해서 살은 발라 먹고
공갈빵 같은 부레와 숨통에 구멍을 내었던 뼈다귀는
그물집 한구석에 쌓아 둔다
그와 공생하는 새들이 가져가서
그들 족속의 오랜 염원의 방식으로
허파 속에 꽈리로 채워 넣고

날개 죽지에 심으로 다져 넣어서
견비통을 견디며 천산산맥을 넘을 수 있다

피톨에 쇠 편자가 박혀
중력에 항거하다 버둥거리며
바람에 쓸려 다니지 않고, 차라리
절벽의 낙석처럼 수직으로 떨어지고 싶어
매일 밤 번지점프에 중독되어버린
몽상가를 새벽마다 건져올리는 것도,
빛살무늬로 직조한 강보 같은
그의 그물 해먹이다.

탄천의 징검다리

건기의 바람속의 둑길을 걸어가며
육신을 대관령의 황태처럼 말린다
정수리 위로 솟아오른 갈대의 씨털들이
밤하늘을 하루살이처럼 몽유한다

마른 손가락 끝의 말초신경처럼
시공의 경계선이 가늘어지는 겨울밤에는
탄천의 징검다리가 그 모습을 드러낸다

나목의 가지 위 수상돌기 수용체 고리가
낡은 집의 문짝 돌쩌귀처럼 덜렁거린다
징검돌 위에서 기우뚱거리다 고리가 풀리고 만다

몸은 귀신고래 등뼈로 놓은 징검다리를 건너가고,
그 옆에 나란히 가설된, 인광의 푸른 빛 감도는
축삭*의 마디로 놓은 부표 다리 위로 혼이 건너간다

징검다리 저편, 환승의 나루터에서
탄천의 물로 숯검뎅이 몸을 씻으면
혼이 다시 자유로워진다는데,

오금에 차오른 물이 너무 시려서
가슴의 검뎅이는 씻지도 못하고,
땅바닥에 퍼질러 앉아 있는
저 번데기 허물의 몸짓이 안쓰러워서
다시는 재결합할 수 없을 것 같아서

저 허깨비 탈을 다시 주워 쓰고
인연의 고리에 아직 남아 있는 기를 부여잡고
동 트기 전의 징검다리로 서둘러 되돌아온다.

● 신경 세포(뉴런)의 세포체에서 길게 뻗어 나온 가지이다.

바람의 시제

그가 개구리처럼 나의 등에 앉아 있을 때, 앞발로 몸속의
줄을 뽑아내어
그의 뒷다리에 묶어 허공 속으로 점프시킨다
일렁이는 헛개나무 가지에 줄이 걸쳐지면
고공 줄타기하듯 건너간다

뒷발로 엉덩이 쪽의 줄을 당겨본다
검은 허공 속의 낡은 그물집이
낚시 바늘에 걸린 폐어망처럼 출렁거린다
그의 배설물로 짠 유령의 집 같다

그가 흙먼지를 일으켜 세운 흔적의 집,
그가 안개를 헤치고 세워야 할 무상無相의 집,
그 사이가 나의 궤도임을 알고 있다
리프트처럼 흔들리는 그물집이
그가 내게 준 선물이다

두 집 간에 난기류가 일어나서
디딤판에서 떨어지면, 사지가 줄에 묶인 몸은
거열 형벌처럼 조각조각 찢어지고 말겠지

별의 형상으로 태어난 꽃이
망설임 없이 그에게 몸을 던지고
씨방 속에서 꿈을 키우듯이,
내가 던진 수많은 줄들을
내가 매단 수많은 룽다風馬들을
기억하고, 그리워하겠지

허공에 걸쳐진 별들의 해먹이
밤마다 내 몸을 몽유케 하겠지만,
죽어서도 내 혼이 그곳에 깃들지 못하겠지만
그가 부를 때는, 즐거운 몽상의 믿음으로
오늘도 어제처럼 줄을 던진다.

해우

공양소의 굴뚝 연기가, 흔들림 없이
수직으로 올라가는 것을 벽면의 창으로 본다
바람에 날려가는 것이 아니라
자신의 가벼움으로 올라가는 것이리라

내 몸의 근심 한 덩이가, 농익은 홍시처럼
바닥의 창으로 수직으로 낙하하는 것을 듣는다
중력에 끌려가는 것이 아니라
자신의 무거움으로 내려가는 것이리라

수직 상승하는 연기가 대침처럼 동공을 뚫고 들어와,
머플러처럼 용을 쓰는 항문까지 관통한 꼬치가 되어
내가 바베큐처럼 꿰여 버둥거린다

해우소의 공간을 공중 부양하듯 오르락내리락하는,
거미가 엄청난 먹잇감을 어리둥절 쳐다본다

해우 공양을 끝낸 빈 대장이 부레처럼 부풀어,
가뿐히 배앓이 없이, 산행을 할 수 있을 것 같다.

어둠의 결

저물녘에 산방에서 나와 알몸으로 산길을 걸어간다

어둠의 농도가 짙어지면서 살 껍질이 장속의 캡슐처럼
녹는다
10시 경에는 살점 하나 없는 한 그루 벌거숭이 자작나무
가 된다
0시가 되자, 강산성의 검은 기류 속에서 대퇴골 통뼈마
저 녹아버린다
공중으로 증발하는 한 뭉치의 파동을 어둠의 결이 감싸
서 모아준다
빛의 바늘로 깁지 않은 천의무봉의 검은 천이다
그 천의 결을 따라 분별의 마디 없는 델타파가 흐른다
태초의 어둠 속을 운행하던 율려의 기파이다

불빛 하나 없는, 형체 하나 없는
섣달 그믐밤, 진공 같은 빈 들판을 알몸으로 걸어간다
예리한 바람이 회를 뜨듯 살점을 베어내면
살속의 신경 수상돌기가 마른 씨털처럼
기파의 율동을 따라 날아오른다
울혈의 세상이 만삭처럼 무거워지는 8시 경에도

23

    머나먼 쓰나미파를 태중의 박동처럼 희미하게나마 감지
할 수 있다

    부엉이처럼 알파파로 몽유하는 3시경에는
    어둠의 결이 가슴 깃털처럼 나의 기파를 품고
    지상의 것으로 다시 부화시키려는 것을
    새 살 돋아나는, 통점 없는 꿈결로 느낄 수 있다.

쇼

빗방울들이
대창 꽂히듯 투신한다

온몸이 파열하여
체액의 웅덩이가 된다

몇몇은 번지점프 하듯
반동으로 튀어 올라
온몸 가득 숨을 끌어안고
몸과 기의 결합체가 된다

낙석 같은 물 덩어리가
목숨 방울이 되는 것이다

십 초도 못 버티면서
빛살 무늬 문신을 몸에 그리는 저들,
소리도 자취도 없이 사라지는
저 소소하고 무심한 것들,

저 허깨비들의 퍼포먼스 앞에서

물방울 세례를 받으면서도
한참을 서있는 것은

공연이 끝난 한낮의 빅오Big-O!
거대한 공허의 잔해가 생각나서 인가.

튀기

예수가 그러하듯
나는 튀기이다, 그러나
나는 선천성 장애가 있다

몽상과 불안은, 아버지
당신의 영성이 유전자 변형된 증후이지요?
피톨에 박힌 편자는, 어머니
당신의 태반이 변형된 땅붙이 징표이지요?

멀리 경계를 그어 놓고
별거중인 두 분,
틈 사이에서 살아야 하는, 나는
천둥치는 밤에 맺은
번개사랑의 서자이지요?

살붙이 동안에는
어머니,
당신의 가슴으로 양육하시다가
훗날 육탈하여 허공을 떠돌 때는
아버지,

당신의 나라로
저도 데려가주시렵니까?

어느 하루의 음계

쑥.
양수 터지듯 비온 뒤
잠 덜 깬 눈꺼풀 비집고
죽순 나오는 소리

쭉,
불 지피는 부엌 방
쪽마루 위 시루 터질듯
콩나물 크는 소리

헐,
땡볕의 고샅을 쏘다니는
벌건 이마의 수캐가
콧구멍 벌렁거리는 소리

훌,
긴 머리의 버드나무 아래
어스름 그늘 자리 펴고
느타리버섯 체취 여는 소리

울,
개미집이 된 기둥처럼
꽈리 기포 품은 등뼈가
먹물을 휘젓는 소리

멍,
달빛에 젖은 손가락들에 뚫린
봉창만큼 열린 동공으로
혼이 나가는 소리

        ,
여섯 음계 위
진공 속 안테나로 서 있는
대나무 우듬지 관 속으로
영이 귀환하는 음파

덩,
다시 세상을 여는
종소리가 대신 울려주는
일곱 번째 음계의 소리

뭉치

푸른 풀밭의 천장에서
솜뭉치들이 축구공처럼 굴러가고 있다
다리도 보이지 않는데
누가 공을 차는 것일까

플라타너스가 팔 시계를 벌리고, 손바닥을 흔들며
골 에어리어에 서 있는 것을 보니
바람의 짓이라는 것을 느낄 수 있다

뭉게구름처럼 높이 뜬 공중 볼을 헤딩을 하듯
얼굴로 밀며, 긴 헛바닥으로 핥아 먹고 있다
그의 날숨에서 단내가 풀풀 나고 있다

때로는 먹구름처럼 풀 위로 낮게 뜬 공을
수중 축구하듯, 울먹이듯 젖은 몸으로
쓴 내 나는 빗물을 흩뿌리고 뛰어 다닌다

오래 드리블한 공은 해어지고 실밥이 터져
뭉치 속의 복숭아 씨 같은 척추 뼈 토막이
풀밭에 떨어져서 흙 속에 묻힌다

골문으로 날아드는 공을 긴 팔로 잡아내는
커다란 손바닥에 묻은 끈적한 진액들이
수상돌기 속으로 스미어 들어가고 있다

우듬지 천문泉門의 시냅시스*에서
유니버설 조인트로 연결된 시공의 궤도 위로
새로 충전한 기파氣波 뭉치가 솟아 올라가고 있다

언젠가 본 UFO처럼 아득한 창공으로 날아가고 있다
푸른 공으로 빛나는 곳, 축구놀이 기억이 그리워지면
언젠가는 낯익은 UFO로 다시 돌아오기를 기다린다

척추 뼈로 풀밭이 거칠어갈수록
새벽 산책길의 별자리는 더 총총 아름다워졌다.

● 신경세포의 자극 전달부.

인력의 덫

해변 골프장 그물이 파도처럼 출렁인다, 해파리다
새벽이 되도록 누군가를 찾으려고 기웃거리다
고도를 너무 낮추어서 그물에 걸린 것이다
온전히 육화하지 못한 그의 살빛이 창백하다
그물에 갇혔어도 버둥거리지 않고
태연히 지상을 살피고 있다

낙오한 그에게 화차가 불화살을 쏘기 시작한다
고슴도치처럼 온몸에 화살이 박힌 그의 몸이
열기를 분수처럼 내뿜으며 삭기 시작한다
연체의 몸이 크림처럼 녹아내린다
시큼한 몸 냄새가 타석에까지 번져온다

그가 있던 자리가 블랙홀인 듯 내가 친 공들이
자꾸만 슬라이스로 휘어져 날아 들어간다
그의 혼이 아직도 머물며 끌어당기는 것 같다
집으로 가는 나의 머리카락이 쭈빗쭈빗 서고
뒤통수를 끌어당기는 것 같아 자꾸만 돌아본다

만유인력의 법칙이 혼령 사이에도 작용하는 것 같다

지상의 것들이 접신하려고 대나무를 흔들고 호명하듯이
천상의 것들도 불현듯 육화하여 흡기하듯 당기는 것 같다
후생의 어느 날, 저 인력의 덫에 내가 걸릴지도 모르겠다.

제2부 그물2-필

너

누대의 생에 걸쳐서 보낸 송신을
수천 광년 거리에서 이제야 수신했다고
깜박거리며, 아포피스˚처럼 다가오지만
그냥 지나치고 말 것이라는 둥,
내 그림자 끄트머리에 잠시 머물다가
개기월식처럼 슬그머니 빠져나갈 것이라는 둥,
허블망원경으로 파파라치처럼 추적하는
나의 간구한 기도의 중력으로 끌려와
손아귀 속에 갇혀도, 타다 남은 운석가루만
손가락 사이로 빠져나갈 것이라는 둥,

유니버설 조인트로 두 손을 깍지 끼어 잡고
거부의 혀를 입 속에 가두고
너트 속에 볼트를 끼우듯 한 몸이 되어도
어느새 몸체 밖, 어둠으로 빠져나가는 너,
너를 호명하며 잡은 대나무가 접신으로 진동할 때
죽통 속의 마디진 파동들이 일제히 공명하여
폭죽으로 터져 나가는 찰나,
순간 진공이 된 통발 속으로 쏙 빨려들어 온 너,

한 덩이 몸빛으로
수천 광년을 달려오다
마지막 기층의 틈 속에서
무거운 몸은 태워버리고
날카로운 빛도 마모되어, 이제
대나무 속청의 떨림 같은
기파氣波로, 어둠 속 하늘거미집 같은
둥지를, 내 울림통 속에 짓지 않을래?

● 소행성Apophis

백자를 품다

출근 버스 차창에 앉은 흰나비의 날개를,
앞 좌석에 앉은 흰 블라우스의 옆얼굴을
좌 후방에서 귀머거리가 되어 바라본다

진료실 창문의 수직 블라인드처럼
긴 머리가 가지런히 모아져서
두물머리의 흰 모래톱 위로 흐른다
유월의 햇살에 도톰하게 부푼, 갓 구워낸 빵이
크림스프 가득 담긴 접시 위에 놓여 있다

한낮의 산책, 양재천 위로
백로가 양 날개를 펼쳐 저공비행을 하자
첨벙거리던 잉어들이 재빠르게 잠수를 한다
물위의 소리들을 물고 가는, 부리 긴 그림자를
낮달이 무성영화 필름처럼 따라 흐른다

저녁 귀갓길에서
도자기 숍의 쇼윈도의 백자를 본다
순간, 거리의 소리가 사라진다
고요의 바다에 내려앉은 캡슐 같다

조명 아래 음영 깊은 가슴이
세상의 소음을 품고 삭혀내는
소리 청정기 같다

그날 밤, 내 방의 창문틀 위에
둥그레진 달을 달걀처럼 세워놓고
심호흡으로 가슴에 풀무질하며
밤새도록 가마에 불을 지핀다

모든 색깔의 빛을 한 곳에 모우면 흰빛이 되듯이
모든 기억의 소리들을 항아리에 담고 한 달포 구우면
한밤의 고요를 온전히 품은 백자가 될 수 있을까?

떠나간 혼이 가끔 옛집을 찾아와 머물며,
창문에 앉은 흰나비처럼 먼지를 털어주고
낮달처럼 고요의 바닷물로
내 유골 항아리를 닦아줄 수 있을까?

흑장미

적과 흑, 혼혈의 원적지는
빛과 어둠의 접경지역이다

그 곳은,
유프라테스의 붉은 강을 거슬러
강물이 점점 검어지는, 그 시원의 발원지
어둠의 고원으로 가야 한다

분화되지 않은 어둠과 빛의 방울들이
팔레트 위에 쏟아놓은 물감처럼 뒤섞이어
동산을 검붉게 물들이고 있다

그 여명의 불씨에서 발화된,
적과 흑, 자웅동주의 양성화,
그 혼혈의 꽃잎들이 판막처럼
북소리를 내며 열리고 있다

선천성 심실중격결손증인 나는
검은 입술의 신생아 때부터
허기가 질 때마다 붉은 꽃잎을 따먹는다

움켜지는 주먹 속의 꽃물이
스톱워치처럼 숨 가쁘게 두근거리는
내 심장 속 피의 원액임을 알겠다.

곱사등이의 노래

나지막한 소리로 등을 미는 바람에도
강풍 속의 나무처럼 흔들릴 때가 있다
점도 높은 타액으로 사육한
화사의 혀로 연마해서, 닳고 얇아져서
나이테의 결을 가진 추간판이
바람의 혀와 주파수가 꼭 같아져
최대 진폭의 공명으로
온 척추 마디마디가 떨리는 것이다

정수리로 뻗친 공명의 떨림에
수많은 솔잎의 머리카락이 흔들리어
몽유하는 구름의 몸에 화살촉들이 박힌다
흰 뱃살이 아이스크림처럼 녹아내리며
산달을 기다리던 기파가 모습을 드러낸다
전령의 까마귀가 물고 온
저 천상의 기호들,
적송의 가지돋기 등껍질들이 들떠서 일어나고
산자락의 지판이 공명으로 떨리는 것이다

영육이 맨살을 맞댄 침상 위에

구부정한 저녁의 등을 누이면
붉은 기파가 일렁이며 척추관 속으로 들어온다
대동맥궁으로 솟구쳐 일어선 등뼈가
어두운 풍랑을 품은 돛대처럼 꿈틀거리며
소리굽쇠가 되어 우는 것이다
언젠가 들은 듯도 한, 아득한
북소리의 두근거림에 몸을 띄우고
접신한 무당이 칼춤을 추듯
일필휘지,
등뼈를 휘둘러보는 것이다.

펜

낯선 곳을 찾아갈 때는 윗도리 왼쪽에 펜을 대동하고 간다
나의 쓸쓸함을 위로해주는 동반자이고
나의 두려움을 지켜주는 경호원이며
나의 넋두리를 받아 적는 필사원이기도하다

모자 속에 감춰진 성근 이마는 위성 안테나 같아
자동기술하는 그의 뒤를 그냥 따라갈 때도 있다
입술에 빗장이 질려져 과묵하지만
만수의 수문이 열리듯 괴성을 지를 때도 있다

허기진 그의 심장에 수혈하기 위해서
히말라야 석청을 캐는 빠랑게처럼
헤드랜턴을 켜고 등정하는 미친 산악인처럼
절벽 바위 틈에서 지혈地血을 받아 와야 한다

나와 포옹하다 그의 심장의 열기에 필화를 입거나
그의 야성의 앞 이빨에 목을 물려
생사의 기로에 서게 될지도 모를 당신을 위하여

적과 흑,

그 휴전선에 핀 흑장미를 세필화로 그려서
당신의 얄팍한 왼쪽 가슴팍에
부적으로 붙여주기 위해서이다.

성소

1
사랑을 할 때는 죽림에 들어간다
미이라가 된, 첫사랑의 심장을 뚫고
죽순이 솟아오르기 때문이다
그 파릇한 불꽃의 정점에서 뿜어 나오는
숨비소리, 그 가파른
수직의 소리에 흔들리는
댓잎의 끝에 서서
맹인 검객처럼 죽순을 자른다
매 순간의 절편들을 죽통에 채워서
폭죽을 쏘아 올려, 클레이사격 하듯
영원을 사냥한다.

2
이별을 할 때는 바닷가에 나간다
절단의 아픔을 숙명으로 사는
바다민달팽이가 있기 때문이다
부질없는 줄 알면서도
잠시나마 함께 소유했던
살돌기 한 조각을 증표로 남긴다

부식되고 마모되어, 부표처럼 떠다니는
매 순간의 흔적들을 수평선에 꿰어
그 꼬치가 귀신고래의 흰 등뼈로 남을 때까지
내 심장의 새장이 수중 산호초가 될 때까지
썰물의 모래섬 위에 누워
독배毒杯를 든다.

가슴에 기포가 돋다

오랜 건기의 저수지에서
뱃바닥을 드러낸 고기들이
아가미를 헐떡거리며
숨을 벌컥벌컥 들이킨다
가슴지느러미로 두드려
둥둥 북소리를 내며
부레의 공기 방울들이
저수지의 개구리 알처럼
가슴팍 위에 기포로 돋아난다

사막의 바람이 부는 날에는
혓바닥이 샌드페이퍼로 굳고
모래알 박힌 폐에서 공기가 새어 나와
기포가 풍선처럼 부풀어 오른다
거리의 풍선인형처럼
옥상의 애드벌룬처럼
허공 한 덩어리 안고
바람이 부추기는 대로
벙어리 춤을 춘다

긴 우기의 날에는
빗물이 누관을 타고 내려와서
수포가 된다, 오랫동안
울음소리를 내지 못한 성문이 막혀
농포가 되기도 한다
가슴지느러미로 두드려
텅텅 북소리를 내며
고름이 터져 나와
지하방의 천장처럼 가슴팍에
얼룩이 문신이 새겨진다

짧은 간절기의 어느 날
혼자 나들이 가다 누군가와 부딪치자
에어백처럼 부풀어 올라
몽유의 얼굴을 때린다
만월이 되면, D컵으로도 가릴 수 없는
커다란 기포 때문에 병가 여행을 떠나는 여자와
공갈빵 같은 가슴을 부둥켜안고
풍선 터뜨리기 게임을 하고 싶다
곰팡이 얼룩이 꿈 껍질을 터뜨리고 싶다

오랫동안 잊고 있던 축포 소리를 듣고 싶다.

버드나무의 눈빛

렘* 수렁에서 허우적거리는 눈알을
풀밭으로 건져 올린 눈빛이었지

처음 방문했던 그 전원주택을 잊지 못하지
반듯한 이마의 솟을대문을 열면
앞뜰에 그늘 짙은 눈빛의 버드나무가 있었지

버들가지 통치마 자락이 감싸고 있는
흰 살결의 기둥이 신전처럼 눈부셨지

앞마당의 잔디가 순록의 가슴 털처럼 부드러워
오월의 풍선처럼 천방지축 딩굴고 다녔지

마당 한가운데 봉긋한
한 쌍의 달항아리 속에서, 출렁이며
넘쳐흐르는 젖빛 소리에
오랜 건조증의 눈알을 흠뻑 적셨지

뒤뜰에 홍련이 핀 연못 속에서
눈 꼬리가 돌아, 올챙이처럼

잎줄기 사이를 헤치고 유영했었지

물속에 깊이 드리워진
느티나무의 긴 머리카락 사이로
그 눈빛이 따라오라 손짓하였지

빠른 물살에 솔방울처럼 떠도는 눈알을
고요의 바다, 그 해저로 인도하여
심해어의 안와眼窩 속에 조용히 정착케 한
안온의 눈빛이었지.

● REM(Rapid Eye Movement)

틈

바라보면 멀리 한 선로로 모아지는데
다가가면 언제나 두 팔 폭의 협궤 같은 틈이 있네

마주선 그대와 나의 척주 사이에
미로를 품은 내성의 이중 성벽 같은 틈이 있네

파도위의 두 선체를 로프로 동여매어도
부딪혀 상처투성이의 두 뱃전 같은 틈이 있네

일인용 슬리핑백 속에 두 알몸이 깊숙이 껴안아도
포장한 크린랩 속의 수많은 기포 같은 틈이 있네

그 틈 속에,
거부된 항원이 된 나의 넋두리들이
아물지도 삭지도 못한 채 퇴적된
기억의 진물, 그 위에서
구더기처럼 바글거리고 있네.

일주문

새벽 독경 소리가, 세상의 첫소리로 들리기 시작하는 곳
에,
　대웅전 용마루 위, 하늘의 기상이 보이기 시작하는 곳에,
　마을을 호령하던 그가, 폭발 사고로 몸통만 남은 채로
서 있다

　그의 양팔이 돋아나서, 담처럼 뻗어 있는 듯,
　목탁 소리가 쌓인 자리에 목책이라도 서 있는 듯,
　그때의 알통 큰 팔뚝을 기억하는 사람들은
　그가 고함치지 않아도 월담을 시도하지 않는다

　탁발승처럼 세월을 떠돌던 그가
　암종 같은 옹이로 가득 찬 내장을 다 도려내고
　박제된 호랑이처럼 서 있다

　세상이 마당인 집에는, 담장을 세울 이유가 없다는 듯
　하늘 받칠 기둥 하나, 열린 문 하나면 족하다는 듯

　그때의 극장 기도처럼 형형한 눈초리로, 그러나
　세상일에 소리칠 이유가 없다는 듯이

이제는 조용히, 사람들을 지켜보고 있다.

오래된 사월

여드름 돋아나듯
목련꽃 봉오리 피어나면
올 사월에도, 여느 해처럼
사춘기 꿈을 꾸네

순백의 아미에
눈이 부시고
뽀얀 살결의 향기에
숨이 막혔네

가슴만 두들기다
첫 행도 쓰지 못했는데

꽃잎의 젖은 그림자처럼
속살로 번져가는 검은 멍 자국

조로증 걸린
거리의 여인처럼
아, 꽃잎 시드네

올해도, 사월은
천형의 달이 되고 마네

바닥에 떨어진
구겨진 흰 편지들, 빈 칸 마다
빗물이 고여 있네.

겨울장미를 위한 송가

거친 허공을 건너온
침엽針葉의 바람을 핥아주다
부르튼 혓바닥

그 끝에 매달린
마른 육포 조각 같은
꽃잎 한 장의 말

뜯기고 남은, 한 장의 달력 같은
전신주에 매달린, 한 가닥 전단지 같은
빈 가지의 꼬치에 꿰인, 한 조각 그믐달 같은

꽃의 자존을 위하여
심장에 남아 있는, 마지막
한 모금의 피로 외치는

목살을 베고 들어온
얼음 칼날을 독사의 혀로 감아쥐고
폐위의 옥새를 찍듯
붉은 설인舌印을 남긴다.

제3부 그물3-마디

마디

절지동물보다 마디가 많다
그들보다 무게가 많아
아파서 못 쓰게 된 마디가 많다

직립으로 걸을 때부터
발가락 마디마디들
발목, 무릎, 고관절들이
크랭크축처럼 움직여 왔다

앞발의 자유를 지키기 위해
손가락 마디마디들
손목, 팔꿈치, 어깨 관절들이
삼단노선의 노잡이처럼 움직여 왔다

손가락 마디를 꺾으며
캐스터네츠 소리를 낸 적도 있었지만
이제는
팔을 들면 어깨마디에서
일어서면 무릎마디에서
뚝, 나뭇가지 부러지는 소리가 난다

꼬리뼈마디를 텔로미어®처럼 깎아내는
손목시계의 초침의 칼날이
매장된 기억의 무덤을 파헤쳐서
소리 뼈마디 하나를 보여준다

내 손목을 놓지 않으려던 굳은 마디의 손목이
무게를 견디지 못해 부러지는 노송의 가지처럼
뚝, 꺾어지며 들렸던, 그 마지막 소리를,

직립원인이 된 지도 백만 년이 훨씬 지났는데도
아직도 서툰 직립보행으로 발목이 잘 접질리고
등뼈 마디마저 가끔 삐끗하여
유인원의 보행법이 그리울 때가 있다

짧고 마디진 다리로 긴 몸통을 받쳐 들고
산악열차처럼 올라가는 절지동물의 보행법을
깔딱고개에서 흉내 내어 볼 때가 있다

절지동물보다 마디가 많다
그들보다 오래 살아

굳어서 못 쓰게 된 마디가 많다.

● 세포 속에 있는 염색체의 양쪽 끝단에 있는 부분을 말하며, 노화와 밀접한 연관이 있다.

뼈

토실한 볼 살덩이와 달콤한 꿈 기억들이
솜사탕처럼 매달려 있던 마디진 목뼈 같은,

멋진 깃털의 꿩 한 마리
주전부리 참새 한 마리도 잡지 못하는
늙은 솔개의 부러진 발톱의 발가락뼈 같은,

민둥산에서 몰이한 오소리마저 놓치고 만,
깨어진 항아리로 풀숲에 뒹구는
떠돌이 사냥꾼의 골반뼈 덫이여!

접합부의 틈이 벌어진 박 바가지 두개골로
증발해버린 수밀도의 아득한 과즙의 기억을
네 어떻게 다시 담을 수 있겠느냐?

바람 든 무 같은 대퇴골을 손가락뼈로 후벼 파서
심장의 살을 베어내던 가락 한 올이라도
네 어떻게 다시 뽑아낼 수 있겠느냐?

따뜻한 체온과 향기로운 체취의 회랑이었던,

이제는 딱정벌레 집이 되어버린 등뼈여!
누가 다시 돌아와 살 집을 지을 때
벽돌 반죽 속에 석회 가루가 되고 싶지 않느냐?

방울의 생태

모체에서 떨어져 나올 때는
모두 방울의 모습이다

수만의 구름새떼들이 산란한
빗방울과 우박이 쏟아져 내려
대나무의 질 속을 빠져나가며
우 우, 울음소리를 낸다

우박 세례에 콩 깍지가 터져 나온
수많은 붉은 콩들이, 쿵 쿵
몽돌처럼 계곡 속을 굴러가며
심장의 물레방아를 돌린다

신생의 방울들은 옹골차다
세포분열하듯
허공 속으로 낱낱으로 떨어진 것들이라
두렵고 무서워서
한껏 웅크린 탓이다

어둠 속을 부리나케 달려가는

저 별똥별은
누구의 빈 몸통 속을 굴러 내릴
빛 방울인가?

새벽안개 속을 걸어가는 온몸에
대상포진 수포처럼 이슬방울이 돋는다
물방울 탑이 되어 서 있으니,
아침 햇살에 수포가 터지면서
자작나무처럼 빛난다

이 순간 이대로
아침 햇빛으로 몸을 불사르면
구슬방울 몇 개쯤은
떨어져 나올지도 몰라.

코멜리나*

지상에 피운 꽃은
짐짓, 보여주기 위해
명찰처럼 가슴팍에 달아놓은
조화 같아

속눈썹 적시던
새벽 이슬비, 그 가느다란
그물망 촉수로만
입질을 감지할 수 있는
땅 속의 꽃잎

겨우내 다져 온
푸른 망울 속,
언약의 붉은 꽃술을
가슴 속에 품고 있어

보이지 않아도
줄기의 수관 속으로 올라온
향기가 아우라로 번져
온 모습이 꽃인 줄은 아시나

단단한 껍질의 열매 속
그 묵언의 속앓이를,
오랜 세월 후엔
화석으로나 보여주려나.

• Commelina Bengalensis: 땅 속에서도 꽃을 피우는 식물.

자전거 타기

나는 자전거를 탈 줄 모른다
나의 부끄러운 일급비밀이다
걸음마도 늦게 시작한 선천성 평형 장애자이다

어릴 적 세발자전거를 타다
두발자전거로 승급을 못한 것이다
무릎이 몇 번 깨어진 후 날기를 포기한 새가 되었다
어른이 되어서도 그 세발자전거를 남몰래
세반고리관에 장착하고 다니고 있다

양재천 길을 걸어가면 나를 앞질러서
바람처럼 자전거를 타고 가는 사람들이 부럽다
가끔 외발자전거를 타고 가는 사람을 보면 신기롭다

자전과 공전을 하는 세상에서
센스 없고 균형감각 없는 장애를 숨기고
중심 잡으며 지금껏 살아오느라 힘이 들었다

나의 기특한 세발자전거도 이제는 낡고 닳아서
베어링의 볼이 빠지고 체인이 헐거워져서

요즈음은 이석증과 이명으로 어지러울 때가 많다.

비포 앤 애프터

비포 앤 애프터의 흉배를 두르고
늦장 좌회전하는 시내버스의 옆구리를
성질 급한 철가방의 오토바이가
도심의 멧돼지처럼 들이박는다

쿵, 충돌의 순간
비포의 짧은 경련 소리
스턴트맨처럼 곤두박질하는 뭉치
헬멧, 철가방, 플라스틱 그릇, 스마트폰들이
아스팔트 위로 긴 마찰 소리를 내며 나뒹군다

러시안 룰렛에 구멍 난 안면근육들처럼
잠시 꿈틀하다 이내 고요해지는
비포 앤 애프터의 표정,

먹이를 찾아 나서는 일개미 떼처럼
후진 기어가 없는 자동차들이
비포의 스키드 마크를 지우려고.
액셀러레이터를 밟으며 질주한다

CCTV에 포착된 비포 앤 애프터,
리플레이 모니터 속 비포의 사물들이
순간 순간, 동작을 상실한 유물이 되어
접근 금지의 유리 케이스 속에 진열된다

애프터의 번뜩이는 시선의 줄 위에
잠시 앉았다 날아가는 휘발성의 날개,
비포의 거리에서 가끔 보았던
통신 케이블 위의 흰 비둘기를 닮았다.

데자뷰

고수동굴 탐방 중 어둡고 좁은 길에서
한 여자가 미끄러져 넘어지면서 나의 팔을 붙잡는다

어둠 속에서
"번뜩" 스치는 눈의 빛살,
"어마"하는 목소리의 색깔,
"출렁"하는 머리칼의 냄새,
"뭉클"하는 몸의 감촉,

아득한 전생,
천둥번개 치던 어느 날
동굴 속에 갇혀 함께 지낸 그 여자가 아닌가!

동굴이 깊어질수록 시공간의 경계가 사라지고
물 냄새 기억을 되짚어가는 연어처럼
캄캄한 시간 속으로 더듬으며 들어갔다

"아주 오래전에 이 동굴에서 함께 지냈던 기억이 나십니
까?" 하고
그녀의 왼쪽 귓바퀴에 말을 걸었다

그녀가 경계하며 황급히 일행 쪽으로 자리를 피하며 거
리를 둔다

눈부신 동굴 밖,
낭떠러지 시차에 어리둥절하는
시간의 투명 케이지에 갇힌 나를
그녀가 원시인을 보듯 노려본다

진화의 계보를 이탈한 크로마뇽인이 된 듯,
벙어리처럼 손짓 발짓으로
아직도 채울 말이 없어 빈 머리통을 두들기며
서툰 걸음으로 그녀의 사정권을 벗어나왔다.

지중해에서 변이하다

바다에서 태어나 양서류의 성장기를 지냈다
해안의 붉은 열매를 따먹은 후, 피가 뜨거운 포유류가
되었다
격정과 몽상의 짐승으로 오랫동안 내륙을 떠돌았다

초원의 기억이 아득한 전설이 되어버린 사하라 사막에
까지 이르렀다
바다의 기억이 증발한 지 오래인 건어물 같은 육신이 되
었다
나를 이끌었던 짐승의 울음소리도 더 이상 들리지 않았다
내 심장 속의 피가 소용돌이치는 소리였음이다

저혈압의 허탈에 빠진 내륙의 지층이 균열되고 침하되
었다
몸속 가득 수포를 품은 바람이 불어오는 해안의 사구에서
딱정벌레처럼 물구나무서서 등판의 숨구멍으로 바람을
마셨다

바싹 말라버린 바닷꿈 조각이 천연두 자국 같은,
갈라터진 피부 틈 사이로 나오는, 양서류의 피부 흔적의

냄새를 맡고

　바다 물뱀이 푸른 혓바닥을 출렁이며 달려왔다

　지상에서의 새로운 길을 내 혈관 속에 코딩해 주겠다며

　마른 꼭지 같은 배꼽을 헤집고 내 몸의 한가운데로 들어
왔다

　그의 서늘한 피로, 사지의 혈관이 스카이 댄스를 추며 부
풀어 올랐다

　그의 머리가 치켜세운 대동맥궁이 크노소스궁*의 아치
처럼

　새로운 신화의 텍스트를 예습시키듯 보여주었다

　다시 촉촉해진 입술과 날렵해진 혀로, 낯선 목소리로 읽
어보았다.

● 지중해의 크레타섬에 있는 고대 도시국가의 궁전으로 기원전 17세
　기에 세워짐.

툇마루

외갓집의 바깥채는 어린 시절 나의 여름 요새였다
툇마루는 나의 병참기지였다
벼락 맞아 부러진 참나무의 그슬린 등뼈를
외할아버지가 거두어, 가지런히 붙여 만든 것이다
대나무 활과 화살, 목검, 방패, 고무총, 작살,
대나무 낚싯대, 그물, 잠자리채, 채집통……
마루 한구석에 가득했다

햇빛 한 가마 쏟아부어 놓고 초칠해서
반들반들해진 거북이 잔등 같은 결을 따라
고양이를 안고 뒹굴다 오수에 풍당 빠지곤 했다

석양에 붉은 수염을 쓰다듬으시던, 외탁한 나의
외할아버지가 뒷산의 참나무 숲속으로 침소를 옮기신 후
외가도 도시로 이사하여, 나의 툇마루 시대도 막을 내
렸다

그 후, 황령산 둔덕의 우리 집,
나왕 원목과 합판 목재의 마루에서, 여름 방학이면
주침야독晝寢夜讀의 사춘기 몽상을 안고 뒹굴다가

삭힌 홍어처럼 나의 등뼈가 점점 물러졌다

지금도 일요일 오후에는, 소파에서 누워
시상을 안고 뒹굴다 오수의 늪에 빠진다
참나무 관 속에 갇힌 듯 가위눌려
벌떡 일어나면, 척주의 통증으로 한참을 직립을 못했다
어린 대나무 같은 등뼈를 받쳐주던
그 참나무 등뼈의 툇마루가 새삼 그리워졌다

불면의 여름밤을 몽유하는
나의 시상 위에 벼락이라도 떨어지면
나의 시행이 누군가의 삭은 등뼈를 받쳐줄
참나무 툇마루가 될 수 있을까?

알츠하이머씨의 집

똑똑하지만 외로운 프로그래머,
알츠하이머씨는 장기 외출 중입니다.
혼자 살았던 알씨의 집 천장에
빈 거미집이 자꾸 생깁니다

찐득찐득한 먹구름 조각들
아밀로이드* 딱풀들이 거미줄에 붙어
점점 굳어져버린 그물망에 갇혀버린 해마가
매듭을 풀다 지쳐 자폭하듯
이마의 '전부 삭제'의 키를 누릅니다

뻥튀기에서 쏟아져 나오는 팝콘처럼
휴지통 속으로 날아 들어가는
기억의 가지돌기들
원폭에도 살아남는다는
딱정벌레들이 순식간에
죽은 해마의 살점들을 먹어치웁니다

빈 껍질의 호두나무 가지에 걸린,
바람에도 출렁이지 않는,

금속처럼 딱딱한 주인 없는 거미집이
허공에 목을 맨 주검처럼 조용합니다

집으로 가는 길을 잃어버린
알츠하이머씨 같은 노숙자들이
지하철역 광장에 점점 많아집니다.

● 신경세포벽에 베타아밀로이드 단백질이 쌓여 응집되어 신경세포를
  손상시킨다.

우조도雨鳥圖

늦여름 소낙비가 벼락 치며 오는 날,
툇마루 밑으로 황급히 피신하여
턱을 괴고 관람하는 친구를 위하여
곱게 빗질한 앞마당 독무대에서
검정 레오타드의 발레리 노인 그는,
저공비행하다 점프하여 솟구치며
친구가 마당 한가운데 들고 나온
주인장의 흰 고무 잔에 건배의 물살을 돋우며,
어머니가 지금껏 해오던
곡예 에어쇼를 처음 시연해본다

행랑채 처마 밑 다락방에 사는
우기의 노매드인 그녀는,
플라스틱 바가지에 내몰린
표주박 공예가 주인장을 위해
좋은 품종의 박씨를 구하러 떠날 채비를 하다가,
물살 출렁이는 소리에
버티칼 블라인드 사이로 머리를 내밀어,
무릎을 다친 후유증으로 절뚝거리며
걱정스레 마당의 아들을 보다

푸드덕 푸드덕.
물살의 가락을 휘저으며 박수를 친다

대청마루에 서서
멀찍이 바라보는 주인장이
처마의 낙숫물 줄기보다 굵고 긴
목걸이 염주를 굴리며 웅얼거린다
허, 그 녀석 저러다 번개구이가 되어
옆집 수달 영감의 입속에 들어가겠네.

발가락이 길다

　고향의 사과밭 둔덕에 편백나무들이 이열 종대로 서 있었다. 바람으로부터 몇 대에 걸쳐 고을을 지켜온 마을 수비대였다. 숲을 이룬 동족들보다 유난히 발가락이 굵고 길었다. 그루터기에 올라서서 내 발을 대어보았다. 어릴 적 세상에서 제일 큰 아버지의 발등 위에 내 발을 얹고 걸음마하던 기억이 났다.

　언제부터인가, 그들의 뭉툭한 유랑의 발굽이 긴 쟁기 발가락으로 변형되었을까. 그의 발바닥이 사과 향기가 스며든 끈끈이 땅에 들러붙어 굳어버린 것일까. 바람 부는 날에는 양 날개를 펼쳐 펄럭이며, 먹이를 낚아채어 날아오르는 독수리 발톱 같았다.

　어느 날, 온난화로 겨울 철새처럼 사과나무들이 북쪽으로 집단 이주를 했다. 열대작물 아마란스들이 대신 입주한다고 했다. 빈 들판에 하릴없이 서 있는 그들이 사라진 제국의 무장 해제된 병사 같았다. 사라호 태풍도 쓰러뜨리지 못한 긴 발가락 뿌리를 악어의 턱을 가진 포크레인이 사랑니 뽑듯 철거했다. 다 메우지 못한 구덩이 속에 피딱지 엉겨붙은 발톱들만 유적지의 토기 조각들처럼 흩어져 있었다.

사과밭 둔덕에서 바람과 싸우던 마을의 영웅들을 흠모
하며 자란 탓인지, 내 발가락도 유난히 길어 양말에 구멍
이 잘 생겼고, 이웃동네 친구들로부터 고래심줄이라는 별
명도 얻었다. 오늘도 그 기억의 들녘에 서니, 다시 부활한
그들의 긴 발가락이 연 꼬리가 되어 흔들며 공중 부양한 듯
서서, 가슴팍으로 둔덕을 향해 날아오는 바람들을 막아내
고 있다.

제4부 그물4-강

강

당신의 탯줄 속으로
스며드는 안개의 젖빛,
저 몽유의 숨소리

하상河床의 수초를 헤치고
뻗어가는 붉은 연어,
저 팽팽한 원형질

이제야 허물을 벗는
부드럽고 촉촉한
단전의 속살

저 농밀한 살풀이
저 끈적한 점액

몸짓에 감겨
꿈틀거리는, 파닥거리는
흰 세포들의 군무

팔랑이는 나비들

날갯짓에 출렁이는,
저 원류의 물소리

끝없이 흘러도
다 호명할 수 없는
저 물결의 이름들

꿈속에서 보았던
아득히 젖은,
저 모성의 목소리!

입춘, 구룡마을°

창자가 쏟아져 나온 초식동물이
얕은 숨 몰아쉬며, 산 밑에 웅크리고 있다

손바닥이 따스한 햇살이
구절양장, 막다른 골목까지 헤집고 다니다
쪽마루의 으스러진 무르팍을 만져주고 있다

마을의 파수꾼 길 고양이가
구들장 맷돌 위에 꼬리를 감고 앉아서
닫힌 방문 쪽으로 귀를 쫑긋 세운다

콜록거리는 기침 소리가
찢어진 창호지와 벌어진 문짝 틈 사이로
찐득한 가래로 흘러나온다

마을 개가 보고도 짖지 않는
발바닥이 따뜻한 사람이
연탄재 깔린 골목길을 얼쩡거린다

얼른,

꽃신 신고 나으라고
산수유 꽃 몇 잎, 댓돌 위
신발 속에 담아놓는다.

● 서울시 강남구 개포동에 위치한 구룡산 아래의 판자촌 마을.

시산제

히말라야 줄기러기들이
파미르의 마코르* 들이
검독수리의 암릉을 넘어가는 것은,
흰 머플러의 산정을 넘어오는
바람의 풀꽃 향기 때문이다

새와 염소들의 뼈가 화석이 된
바윗날에 베인 손가락의 피로 지핀
불씨의 손바닥으로 암벽을 두들기는 것은,
산정을 넘다 날갯죽지와 발목이 얼어붙어
추락하는 저들의 심장을 깨우는
산군의 제세동술除細動術이다

벼락 맞은 뿌리를 움켜잡고
빠랑게** 처럼 주문을 외는 것은,
목말의 유혹과 추락의 불안을
아버지의 이마 위에 깍지 끼어 잡고
어린 시절부터 웅얼거리던
독생의 자위행위이다

더 이상 손끝 붙일 곳이 없는
작두날의 산정에서 마코르의 발굽으로 서서
그물망의 허공을 줄기러기의 날개로 후려치며
사시나무처럼 손가락을 떠는 것은,
추락한 산꾼의 떠도는 혼을 불러들이는
무당의 부챗살이다.

* 타지키스탄, 아프카니스탄 등지의 고산지대에 사는 야생염소.
** 히말라야 산의 꿀 사냥꾼.

태양족의 제의

아마존, 그 시원의 강을 떠나
태양을 쫓아. 독수리를 쫓아
안데스, 더 오를 수 없는 곳
신성의 꼭지점에서 제의를 올린다

양서류처럼 망설이다
모태의 유역을 떠나지 못하고
강물을 지켜온 인어를 제단에 누인다
정글을 지나며 주운 야수의 발톱으로
은빛 비늘을 벗긴다, 부서지는
비늘의 사금파리가 눈을 찔러
눈알 속에 남아 있는, 마지막
그 강물로 얼굴을 적신다

양파 같은 겹겹의 가슴팍 속살 속
강의 물고기처럼 팔딱이는
심장을 도려내어, 그 붉은 피를 마신다
해시계의 그림자가 적도의 지하수로 스며들어
빈 심장의 제기에 다시 빗물로 채워질 때까지
정수리 천문에 심은, 열 손가락 마디마디에

굳은 피톨들이 포도알로 영글 때까지
기우의 제의를 올린다

좌우 심장의 피, 그 온도차를 교정하기 위하여
영육의 생과 사, 그 시차의 교정을 위하여
아마존과 안데스, 그 고도의 차를 교정하기 위하여
아침 6시, 독수리처럼 두 팔을 펼치고
낮 12시, 태양을 향해 두 팔을 치켜들고
잉카족의 제의를 올린 후, 그 포도주인 듯
손가락으로 심장을 감싸듯 잔을 들고
하루에 두 번, 양파 와인을 마신다.

夢遊胡蝶圖

세 끼를 다 챙겨 먹고도 허기를 느끼는 나에게
그녀가 배꼽 속에서 알곡을 꺼내어 주었다
이팝나무에 봄비를 뿌리듯 내 몸의 물을 주어서
봄 햇살 속 단전에 올려놓으니 햇반 같은 밥꽃이 피었다
밥알들이 애벌레처럼 꼬물거리며 입속으로 들어왔다
땅굴 같은 장 속을 한 바퀴 돌아서, 곧추선 굴뚝의 연기
처럼
모락모락 김이 나는 떡이 나왔다 노란 가래떡이다
떡국을 썰어, 민들레 홀씨 날리듯 하늘에 고수레하니
노랑나비가 되어 날아갔다

나비 날갯짓의 우레 같은 진동에 이명이 심한 날
그녀가 귓구멍에서 이석 같은 알곡을 꺼내어 입술에 건
네주었다
잘 정미된 껍질 없는 알곡이라 생식했다
몸속의 호른 관을 한 바퀴 돌아서
투명한 울림 덩이가 나왔다, 뿔 없는
솜털 고운 이마의 암사슴 울음소리 같았다
말간 동경에 수천 마리의 나비 날개 부딪쳐 나오는,
이제 막 세수한 맨얼굴의 놋쇠 징소리다

달빛 징소리들이 가득히 내려앉은 메밀밭 방앗간에서
젖 망울 선 유두의 꽃술을 나비가 빨듯, 그녀가 알곡을
뽑아주었다
고소한 냄새가 나는 찐쌀 같았다
혓바닥을 물레바퀴처럼 굴리고, 어금니로 방아처럼 알
곡을 빻았다
침이 샘물처럼 솟아 가득가득 입안에 고였다
벌컥벌컥 삼키니 뱃속에서 부글부글 발효 소리가 들렸다
동동주 같은 술이 나왔다, 밥알 동동 떠다니는 단술이다

해장술 마시듯 몇 대접 들이키고
꿀물 속의 애벌레처럼
그녀의 월경 전날 밤의 꿈속에 빠져서
만삭이 된 내 머리통이
바람 빠지는 풍선처럼 며칠 밤 동안
수천 장의 검붉은 호접도를 쏟아내었다.

나미브*의 양서류

바다와 사막,
그 끝없는 전선
바다의 파도는 모래를 밀어 올리고
사막의 바람은 모래를 쓸어내린다
그 전선의 해안에
나미브의 양서류가 산다

아득한 시절
양수 속의 태아처럼 살았지만
아가미가 굳어
어깨뼈가 된 지 오래인지라
바다로 돌아갈 수 없다

새벽안개 속, 소수스플라이**의
붉은 모래언덕 위의 스테노카라***처럼
물구나무서지도 못한다

수십 개의 위버 새둥지를 품은
에보니나무처럼 수십 미터 깊이
모래 속으로 뿌리내리지도 못한다

제의를 올리듯 앞발을 치켜들고
해 뜨는 수평선과
해 지는 사구의 능선을
방울눈으로 바라본다

축복처럼 비가 내려
잠시 황무지에 풀이 돋을 때,
페어리 서클**** 안에 들어가
그의 어깨뼈를 묻는다
바다와 사막이 함께 잠드는
태반 같은 무덤이 된다.

* Namib Desert: 아프리카 남서부의 대서양 연안을 따라 펼쳐진, 전장 1,900km의 해안사막.
** sossusvlei: 나미브 사막에 있는, 세계에서 가장 높은 붉은색 모래 언덕들의 군락.
*** stenocara: 나미브 사막에 사는 딱정벌레.
**** fairy circle: 나미브 사막에 비가 내리면, 모래와 돌투성이였던 사막은 곧 두꺼운 초록색 카펫 같은 들판으로 변하고, 여기에 점점이 박힌 듯 나타나 보이는 붉은 맨땅의 둥근 원들.

까보 다 로까*

대륙의 끝 벼랑 위
까모에스의 시구가 적힌 탑의 기단에 올라서서
월경을 꿈꾸는 나를 저지하기 위해
광풍으로 휘두르는, 그의 시퍼런 칼날이
내 살 속으로 파고들었다

뚫린 칼자국 구멍이
바깔라우**의 아가미 같은
항해를 위한 숨구멍이 될 거라 생각했다

땅거미들이 등대의 꼭지까지 가득히 점거한 지금,
펄럭이는 검은 돛의 눈가리개로 내 시야를 가리고
그의 포효하는 고함 소리가 내 고막을 찢고
거친 숨소리의 갈퀴가 내 머리카락을 휘잡아 당기는 여기,

그가 사자의 발톱으로 내 육신을 할퀴어
살점들이 깊은 어둠에 완전히 절여질 때까지
살점들이 벼랑의 바위로 굳을 때까지 항거할 것이다

등뼈의 살점이 모두 육탈하면 돛대로 세우고

육신의 최서단 곳에서 허물을 벗으려 한다

정강이뼈를 으스러뜨리는 그의 턱의 이빨에
흉곽의 벽이 부서져서 탈각하면
나의 혼은 바다 갈매기가 되어
대양의 국경을 월경할 것이다

조나단●●●처럼
또 다른 아틀란티스를 찾아 떠날 것이다.

● 유럽 대륙의 대서양 해안의 서쪽 땅 끝. 포르투갈에 있음.
●● 포르투갈어로 대구.
●●● 리처드 바크의 소설 『갈매기의 꿈』의 주인공.

그의 이름은 볼라벤*

 지난 여름, 괌 섬 투몬 만에서의 보름, 일탈의 망명이었다. 차모르 족 후예인 그, 흑단처럼 단단하고 매끄러운 가슴, 벽난로처럼 타올랐다. 그 불빛이 무섭도록 황홀했다. 열기에 숨이 멎을 것 같았다. 심장이 터져 죽을 것 같아 두려웠다. 순간이 영원 같았다.

 그믐달처럼 창틈으로 몰래 귀환한 나를, 익숙한 올가미가 남이섬으로 데리고 갔다. 헤이즐넛커피 향 가득한 카페에서 수족관 속의 열대어처럼 다시 차분한 일상을 마셨다. 괌 섬으로 작별의 메시지를 보냈다. 그의 고함소리에 휴대폰이 뜨거웠다. 전화번호를 바꿨다. 그가 서울에 올라온다는 소식을 들었다. 그의 노기가 온 세상을 흔드는 대형 태풍이라고 했다. 배가 뒤집히고 지붕이 날아갔다고 했다. 문을 걸어 잠그고 베란다 유리창에 테이프를 붙이고 신문지를 겹겹이 붙였다.

 그가 주먹으로 유리창을 두드렸다. 짐승처럼 울부짖는 포효! 가슴이 터질 것 같아 이불을 덮어쓰고 웅크리고 밤을 지새웠다. 새벽녘에야 그가 떠났다. 기를 모두 소진한 그가 북녘 어느 곳에서 마지막 숨을 거두었다는 뉴스를 봤다. 잠시 세계가 정지한 듯한 적막이 있었다. 세상을 온통 적시고

몸속에 남은 마지막 물 한 방울! 그 한 방울의 눈물을 흘리
며 나를 원망했을 거야.

　유리창에 붙어 있던 그의 울음소리!
　초겨울 함박눈 속에 모두 스며들 때까지
　고막이 자명고처럼 울렸다
　목젖에 매미처럼 붙어 있는 울음은 어쩌지 못해,
　볼-라-벤-!
　그의 이름을 부를 때면
　언제나 목이 메였다.

● BOLAVEN: 2012년 8월 하순 한반도에 상륙한 제15호 태풍의 이름.

해맞이

C 단조의 둔중한,
눈부신 4연발 포성이
환생의 제의를 알린다

해치가 열리자
붉은 말발굽들이
수십억의 물방울을 일으키며
간밤의 산통으로 널브러진
만조의 태반 위로 달려 나온다

갓 분만된 신생의 심장이
꽃게의 다리처럼 뻗어 나온
네 개의 동맥으로 뛰어 나간다

간밤에 추락한 불가사리들이
아직도 뜨거운 별의 습성을
전생의 족적인 듯이
나의 발바닥에 각인한다

새벽별 하나가

혼불 한 조각을 화살촉에 붙여
후생의 징표인 듯이
나의 눈 속으로 쏜다.

흑해에서 사르다

여행지의 마지막 날, 섣달 그믐밤
게스트 하우스 뒤뜰의 검불을 긁어모아
불꽃을 피운다
방 안의 쓸모없는 사물들,
몸 안의 부질없는 유품들을
불속에 던진다

연기에 거슬린 목젖이 조기처럼 늘어져서
몸통 속에 고인 물을 다 짜내려는 듯
울대를 휘감아 조른다
혼자서만 부르는 노래가 토물처럼 울컥울컥 흘러나온다

향기에 중독된 부나비가 몽유하듯 꽃 속으로 날아든다
노래에 취한 내가 홍등 흔들리는 꽃술 속으로 들어간다

바짓가랑이에 옮겨 붙은 꽃물이 탈수된 온몸으로 확 번
져 오른다
다 버리지 못한, 인화성 강한 기억들이 몸속 구석구석에
쌓여 있는 탓이다

수천만 보 고행으로 굳은 대퇴가 참나무 숯처럼 정결해
진다
수십억 번 고투로 멍든 심장이 십이월의 장미처럼 까맣
게 응결된다

나의 육신이 숯이 된 목탑처럼 허물어진다
반경 2미터의 꽃의 보루가 붉은 그림자로 녹아내린다
육탈한 나의 혼령은 꼬리지느러미를 일렁이며
검은 수초의 흑해로 귀환한다

언젠가, 오랜 심저의 유영 끝에라도
해협의 산도를 따라 신년의 초승달처럼 빠져나갈 수 있
을까
푸른 에게의 바닷물에 양수처럼 다시 몸을 담글 수 있
을까.

와인 파티

보르도의 포도알들이
긴 속눈썹의 그늘 속에서
검푸른 눈동자로 빛났다.
붉은가슴벌새가 과즙을 빨아 먹었다

레드 와인의 지중해
저녁놀 속, 크루즈 선상 파티
유월의 햇살 속에, 나의 배는
살을 삭히는 오크통이 되었다

신의 물방울*에 삭힌 살점들이
부표처럼 떠다녔다
스텝을 밟을 때마다
그녀의 젖은 꽃잎에서
샤또 디껨** 향내가 났다

두근거리는 심장은
크노소스궁전의 밀실처럼
접신의 울림통이 되었다.

- 신의 물방울(神の雫 ,가미노 시즈쿠): 아기 다다시 작 와인 소재 만화.
- 샤또 디껨Chateau d'Yquem: 보르도의 명품 와인으로서 스위트 와인의 대명사.

화천호의 그녀

창문이 얼음판으로 덮혀도
그녀는 두렵지 않았다

화천천을 범람하는
축제의 웃음소리가 무서웠다

아침 물 마시려 나온 고라니가
창문을 두드리는 소리에도
화들짝 놀라서 방안 깊이 숨는다

유리창을 뚫고 들어오는 드릴 소리에
등의 잿빛 줄무늬가 파르르 떨린다

창틀을 부수는 망치 소리에
온몸에 검은 멍 얼룩이 번진다

그녀의 방은
일급 양심수들이 갇혀 지낸
화천호의 수중 무덤이 된다.

그 여름의 모자

문풍지 구멍 내듯 철모를 뚫고
머리뼈를 깨트려서, 한 순간에
한 생의 숭어리를 부수었다

그 뜨거웠던 돌팍 위에서
그 살점과 피, 웅어리져
풀숲의 그늘 속에서
수십 년을 삭고 삭아서
개망초의 씨앗이 되었다

그 혼의 줄기가
빛의 탯줄을 붙잡고
녹슨 산도産道의 구멍 밖으로
갓 태어난 쇠백로 새끼처럼
가느다란 목을 내민다

아직도 철망에 묶인 DMZ 유배지에
다시 찾아온 그의 혼백,
교모 속에 가득하던 꿈이
그 여름의 개망초 꽃처럼 눈부시다.

제5부 그물5-동동

딩아돌하*

딩아
춘철의 송곳니로 들쥐처럼
밤마다 갈아댈 중독성에
맨 가슴팍을 내어놓을 자 누가 있겠느냐

돌하
화강암의 피부를 뚫고, 오래 허기졌던
흉곽을 가득 채운 견고한 종양 속으로
숨길을 뚫어줄 자 누가 있겠느냐

딩아
마른 바람 속의 솔방울을 흔들어
산의 적막을 깨치는 딱따구리처럼
암벽을 쪼아 공명의 형상을 보여 다오

돌하
살과 영이 부딪히는 소리를 담을
마애석불의 등뼈 속 같은
석굴 울림통을 만들어 다오

딩아돌하
관악기의 소리통 같은
꽃살문 닫힌 척추관 속에
달빛에 투영된 꽃문양 화석 하나
딱따구리 알 품듯 품어다오.

● 鄭石歌에서 인용.

신처용가 新處容歌

─사랑하지 않았다,
삼십 년 품속에서 꼬깃꼬깃 접힌
아내의 고백을 펼쳐 보고, 문밖을 서성이다
야간열차를 타고 경주에 왔다

바람에 기우뚱거리는
저만치서 앞서가는 사내,
춤사위가 처용이 아닌가
어깨에 둘러메고 가는
저 황금빛 술두루미,
네 가랑이 흠뻑 적셔주던
서라벌 만월의 젖통 같다

몸은 내 것인가?
맘은 누구 것인가?
본디 내 것 아니지만
얻지 못함을 어찌하리오

저 처용,
아직도 홀로 밤길을 떠돌며

귀신을 죄다 쫓아버린들
넓적다리 살을 포개어
천년 세월의 탑을 쌓은들
무슨 소용이 있겠는가

천년의 강을 건너가는 사내,
거룻배를 타고 밤드리 취하고 싶다
경주의 모든 새벽 종소리가 울어
나를 깨워 하선시킬 수 있을는지

모르겠네
개운포開雲浦*를 지나 동해로 흘러가버릴는지
알 수 없네.

* 신라 헌강왕이 동해 용의 아들 처용을 만난 바닷가.

천년 묵은 달아

숨길도 얼어붙어
빙폭으로 드리워진 하늘 자락

유성처럼 미끄러져 내려오는
천 개의 빛살을 가진 한 사람

남산의 돌계단을 내려오는 그가
방전된 시간 바늘이 온몸에 꽂혀
달빛에 번뜩이는 고슴도치 같네

어긋나 지나쳐버린
그때 그 사람을 다시 만날 수 있을지
천년 묵은 달이 길 위에 영사하는
옛 도성의 흔적을 더듬어 가네

달하 노피곰 도다샤
어귀야 머리곰 비취오시라●

아직 육탈하지도 않은
설익은 그리움에 몽유하는

나를 보고, 마애불이 설핏 웃는구나

동 트자, 혼백의 그림자만
향나무 밑에 남겨두고
황망히 돌아가는 저 사람

어긔야 즌데를 드디욜세라
어긔야 어강됴리[*]

나뭇가지에 걸린 청동거울,
그 속에 비친 나와 뒷모습이 닮았구나

어귀야 어강됴리
아으 다롱디리[*]

[*] 고전시가 「정읍사」에서 인용.

가야 여인

리히터 규모 7.5의 지진으로
천년의 레일이 단층 위로 솟구쳐 오른 날
가야인 집을 방문했다

한 여인이 미소 지으며 벽화 속에서 걸어 나온다
흩어진 뼈 조각들을 밀가루 반죽 같은 뽀얀 살로 감싸며
붕어빵 틀처럼 꼭 맞는 몸체로 품고 눕는다
청동거울을 그녀가 손에 잡는다

두터운 꺼풀 속 별자리에 갇혀 있던 한 생의 잔상들,
하루살이처럼 빛줄기를 타고 날아오른다
그녀의 손금을 따라 수없이 돌고 돌았던 염주들,
무성영화의 낡은 필름처럼 손바닥 위에 상을 맺는다
인도양의 깊은 속살 속에서 여물은 진주 목걸이가
천년의 꿈에서 부화하는 알처럼 가슴팍 위에서 꼼지락
거린다

그녀의 심장 박동수는 너무 느리고
나의 박동수는 너무 빨라서
공명의 보폭을 만들 수 없네

선로를 복구한 경부선 야간열차를 타고 상경하다 깜박
잠이 든다
　뼈의 몸체 속에 들어가서 하룻밤을 머문, 가야 여인이
　새벽안개 속으로 사라지는 것을 본다
　그녀의 옷자락을 잡으려고 허우적거리다
　옆에 앉은 여자의 소매를 붙잡는다
　낯선 비명 소리에 꿈에서 깨어난다

　시간의 단층을 파헤치다 지워진 지문의 손가락으로
　밤하늘의 별자리를 차창 위에서 맹인처럼 더듬어본다
　같은 시간 속의 별들도 서로 닿기엔 너무 멀듯이
　같은 공간 속의 별들도 서로 닿기엔 너무 아득하다.

동동*

시월의 감나무 골에는
만삭이 된 달이
알 밴 연어처럼 찾아와서
가지마다 주렁주렁
빨간 알을 슬어 놓네

오리가 갈퀴발로 다진
고샅길로 마실 가는
방앗간 집 여덟째 딸,

알 품은 감나무처럼
출렁출렁 젖가슴,
뒤뚱거리는 오리처럼
둥실둥실 엉덩이

아으 동동 다리!*

감나무 가지에 올라간
방울뱀, 까치밥 담긴
둥지 속의 알 서리해서

한 보름 품었다가

그믐밤, 마실 가는
그녀의 고샅길 풀섶에
알슬기 하네

치맛자락이 살랑일 때마다
연시 터지는 소리가
별똥 냄새처럼 피어오르네

아으 동동 다리!*

● 고전시가 「동동動動」에서 인용.

공무도하[●]

　수일간의 폭우로 미쳐버린 잉어들이 날뛰는 날, 강가의
한 사람이
　강 건너 저편 둑길을 걸어가는 한 사람을 향해 이름을 부
르며 손을 흔드네
　잉어들의 고함소리에 들리지 않는 듯, 둑길의 그 사람이
무심히 걸어가네

　물소의 등뼈 같은 징검다리가 이제는 물속에 잠겨 버렸네
　강가의 남자가 바짓가랑이를 걷어 올리고 물속에 잠긴 징
검돌 위에 올라서네

　강 저편 검은 머리 여자가 강가의 백발의 남자를 그제야
알아보고서
　손사래 치며 알 수 없는 말로 소리치네
　공무도하, 공무도하,

　물뱀의 혀가 그의 정강이뼈를 핥고 지나가네
　중심을 잡으려고 어기적거리며 도하를 감행하네
　여자를 쳐다보다 물이끼에 미끄러져 비틀거리다 강물에
빠지네

물뱀이 종아리를 휘감아 일어나지 못하고 허우적허우적
떠내려가네

강가의 사내가 다시는 물위에 나타나지 않네
저편 둑길의 여자가 땅을 치며 울부짖네
당내공하! 당내공하!
그녀의 탄식이 물살에 하얗게 부서지네

해마다 우기의 징검다리가 강물에 잠길 때면
강가의 개구리가 강둑이 터져라 울고
물푸레나무의 매미 울음이 강물 위로 시퍼렇게 퍼져가고
둑길의 여인이 손가락이 해어지도록 공후를 탄주하네

—님이여, 우기에는 도하하지 마세요
나를 잊지 않으셨다면 이름을 부르며 손을 흔드세요
강이 야위어질 때까지 멈춰 서 기다리겠어요—

기다렸던 백발이 된 어느 우기, 아직도 저만치서 멈춰 서
있는 그의 시간 속으로
  머리를 풀어헤친 그녀가 공후를 탄주하며 강물에 잠긴 징

검돌을 딛고 들어가네.

신구지가 新龜旨歌

봄비에 촉촉해진 풀밭,
구들장처럼 따뜻해진 돌무지 위
아지랑이 향내 피어오르면
양지 바른 돌산에 쑥 캐러 가지요

봄이 온 줄도 모르고
겨울잠 자는 꽃뱀의 굴 앞에서
아로°처럼 노래를 불러요

뱀아 뱀아 머리를 내어라
내어놓지 않으면 구워서 먹으리°°

슬그머니 머리 내미는
꽃뱀의 목덜미를 움켜잡고
해풍에 말린 돌김으로
둘둘 말아서, 보쌈하지요

산벚꽃 밑둥치 아래, 치마 펼치고
고라니가 텃밭 가지 훔쳐 먹듯
뭉툭뭉툭 베어 먹지요

130

소문나면 시집 못 간다니
꽃그늘 속에 숨어서 몰래 먹지요

풀숲에서 훔쳐보던 수꿩 한 마리
푸드덕 도망가네요
어쩐다지요

얄리얄리 얄라셩 얄라리 얄라[***]

● 고대 신라의 여제사장.
●● 구지가龜旨歌에서 변용.
●●● 청산별곡에서 인용.

신배비장전 新裵裨將傳

삼다도三多島에 가면
사내라면 열에 아홉은
배비장이 되고 말 게다

성산포의 현무암 반석에 누워
밤새도록 파도의 안마를 받으면
일출과 함께 솟아오르는
방파제 등대의 힘이 만져질 게다

손버릇 짓궂은 바닷바람이
바나나의 옆구리를 간질이고 달아나면
치마 뒤집히는 마릴린 몬로가 생각날 게다

애랑의 젖가슴을 더듬듯
화산의 암벽을 기어올라 가서
간밤에 물 차오른 백록담을 내려다보면
번지점프의 아뜩함 속에 빠지고 싶을 게다

수많은 오름들이 솟아오르는
제주의 아침을 맞이하는 사내라면

새로운 배비장이 되었을게다.

첨성瞻星

목련은 십여 일
소복의 몸을 사르고
검은 재로 남은 그 자리에
해마다 그 모습, 그 향기로
백년을 지키더이다

어떤 기억의 파동이여,
도플러처럼 달려와서
고막과 심장 판막을 울리고
한 번의 되울림도 없이
순식간에 사라지고 마는가

어떤 혼의 기파여,
같은 주기로 공명하지는 못하지만
그대의 그늘 한 자락으로
월식이 스치듯 잠시나마
기진한 심장의 봉분을 덮어다오

천년의 자리를 지키는 첨성대여!

그대 체취의 제단 위에서
기억의 축문을 소리쳐 외고
혼의 향을 피워 올리며
그대의 운행의 길목을
나 또한 천년을 지키리다.

나라 글 집

땅이 동 트는 곳에
한울님이 첫발을 딛고
뜻을 땅에서도 이루기 위해
나라를 여셨네

종각에서
말씀의 소리 그대로
울려 펴는 종소리,
나라 말을 주셨네

망루에서
천지의 모습 그대로
새겨 파는 정釘의 홈,
나라 글을 주셨네

아직도
도시에는 새벽마다 종소리가 울리고
산야에는 계곡마다 정소리가 울리네

누각에서, 오늘도

소리와 모습을 버무려
말씀의 뜻 그대로
느끼고 깨우칠
집을 지어보네.

알함브라*

주인 없는 그림자만 남아 있는
빈 방들과 긴 회랑,
빛바랜 아라베스크의
기둥과 천정,
죽은 대왕고래의 등뼈 속 같았다

살아있는 것은
분수 솟아오르는 정원뿐,
술탄의 심장을 다독여주던
물 떨어지는 소리만
화석이 된 적막을 쪼고 있었다

살아 있는 젊은 여인들의
목걸이 구슬을 흔드는
붉은 입술의 웃음소리도,
귀걸이가 햇살 비늘로 반짝이는 소리도
그림자 속에 깊이 숨은
왕의 여인들 모습을 불러내지 못했다

아치형 천정을 가득 채웠던
그 붉은 기억의 문양들이,
수많은 벽돌들로 쌓은
저 네바다 산맥 같은 붉은 성벽이
칠백 년 시간의 허기에
의연히 갉아먹히고 있었다
새끼에게 제 살 뜯어 먹게 하는
붉은 연어처럼.

● 아랍어로 "붉다"라는 말.

시원始原과 몸의 탐구를 통한 형이상의 존재론
—김세영의 시세계

유성호(문학평론가, 한양대 국문과 교수)

1.

대체로 시인의 의식이나 무의식에 숨겨져 있는 '원체험'
은, 시인 특유의 사유와 감각을 지속적으로 생성시켜가는
상상적 거소居所가 된다. 아닌 게 아니라 대개의 시인들은
자신의 원체험을 부단하게 탐색하면서 자신만의 동일성을
변형적으로 구성해간다. 여기서 원체험을 변형하는 데 시
인의 선명한 '기억'이 일정한 매개 역할을 하는 것은 꽤 자연
스러운 일이다. 원래 기억이란, 자신이 겪은 경험이나 사건
에 대한 충격적 잔상殘像에 의해 형성되고 보존되는 것이다.
그래서 사람들은 강렬한 기억으로 인해 결코 잊을 수 없는
일들과, 옅은 기억으로 인해 쉽게 망각되는 일들을 자신의
삶 속에 가지게 된다. 자신의 육체 속에 새겨진 수많은 기억
들은 의식과 무의식의 심층을 형성하면서 끊임없이 삶의 준
거가 되어주는데, 이처럼 원체험의 파생적 변형을 돕는 기
억은 경험적 구체 속에 웅크리고 있는 천혜의 생성적 토양

이 아닐 수 없다. 그 점에서 '원체험'과 '기억'은 서정시의 제일의적 모태이자 필연적 내질內質이라 할 것이다.

김세영 시인의 세 번째 시집『하늘거미집』(천년의시작, 2016)은, 인간의 존재 조건에 대한 탐구를 주밀하게 담고 있는 거대한 시적 형상으로서, 이러한 원체험과 기억을 매개로 하는 남다른 사유와 감각을 선명하게 보여주는 결실이다. 우리 시단에 널리 알려져 있듯이, 그는 '의사 시인'으로서 해부생리학이나 정신분석의 경험과 식견을 인간 내면 탐구에 적극 활용하고 있다. 등단 10년을 채워가는 늦깎이 시인으로서, 그는 매우 열정적인 방법론과 독자적인 시적 공정을 보여주고 있는데, 그러한 과정을 통해 김세영은 일종의 상징 질서를 통해 현실 질서를 넘어서는 이른바 '너머beyond'의 시인으로 첨예하게 다가오고 있다. 이렇게 현실을 넘어 인간의 가장 근원적인 형이상적 의지로 충일한 그의 시편은, 우리 시단에서 보더라도 매우 드문 시적 공명共鳴을 가져다주는 세계를 구성하고 있다. 이제 그 세계 안으로 한 걸음 들어가 보자.

2.

먼저 김세영 시인은 자연 사물 속에서 우리가 잃어버린 '깊이의 시학'을 추구하면서도, 보다 높은 정신적 차원을 지향하는 형이상形而上의 지경을 줄곧 탐색해간다. 그만큼 그는 심미적 자연을 섬세하게 돌아보면서도, 그저 풍경에

단순하게 도취되거나 몰입하기보다는, 그 안에서 가장 근원적인 삶의 이법理法을 발견하고 표현하는 시인이다. 동시에 그는 이러한 이법을 관통하면서 궁극적으로 가닿아야 할 자신의 실존적 모습을 다양하게 상상하는 시인이기도 하다. 이때 '시'를 통한 실존적 투사投射가 선연하게 이루어진다.

적도의 심장이 화차처럼 이글거려도
내 몸이 녹아내리지 않는 것은
북해의 냉류가 등줄기를 냉각 코일처럼 감고 내려와
골짜기에 얼음골을 이루고 있음이다

산짐승의 울음소리에 달뜨지 않는 것은
정수리 위 오로라의 서기瑞氣가
온몸을 감싸고 있음이다

열기의 박동 소리가 능선의 나뭇잎을 흔들어도
뜨거운 핏물이 윗계곡의 바위를 달구어도
암반의 고드름은 흰 건반처럼 가지런하다

저물녘 암벽의 견고한 그림자로
골짜기 저수지의 얼음판 위로
별빛의 징소리를 내며 건너오고 있다

열대야의 밤에도 남극의 펭귄처럼

불면의 맨발로 빙판 위에 서서

몽당날개지만 파닥이며 그를 기다린다.

　　　　　　　　　　　　　—「얼음골에서 견디다」전문

　이 시편에서 '얼음골'은 한기寒氣의 공간이라는 일차적 문
맥을 넘어, 극한의 견인堅忍을 경험케 하는 시원始原의 공간
으로 기능하고 있다. 시인은 "적도의 심장"과 "북해의 냉류"
를 대비시키면서, '화차'와 '냉각 코일'의 이미지를 파생시키
면서, 자신의 몸이 녹아내리지 않는 것이 골짜기의 '얼음골'
때문이라고 말한다. 그리고 자신이 "산짐승의 울음소리"에
들썽거리지 않는 것 역시 "정수리 위 오로라의 서기瑞氣"가
자신의 몸을 감싸고 있기 때문이라고 한다. 몸에 내장된 '냉
류/코일/서기瑞氣'의 연쇄적이고 점층적인 장치들이 시인으
로 하여금 가지런한 "암반의 고드름"을 견지하게끔 한 것이
다. 그러니 "열기의 박동 소리"나 "뜨거운 핏물"이나 "열대야
의 밤" 같은 뜨거움의 계열체들이 "골짜기 저수지의 얼음판"
이나 "남극의 펭귄" 혹은 "빙판" 같은 차가움의 계열체들에
의해 하나 하나 지워지는 곳이 바로 시인이 상상하는 '얼음
골'의 이미지이다. 그러한 이미지를 온몸에 감은 채 시인이
기다리는 '그'는, 마치 "태초의 어둠 속을 운행하던 율려의
기파"(「어둠의 결」)처럼, 시원의 이미지를 띠면서 시인의 몸
과 영성을 가지런하고 차갑고 견고하게 만들어주는 존재론
적 근원으로 부상한다. 어쩌면 그 이미지는 '시詩'를 닮기도

하였고, 김세영 시인이 궁극적 의미를 부여하고자 하는 '시인'의 모습에 가까워지기도 한다. 다음 시편은 어떠한가.

조각난 하늘만 쳐다보다가
시야가 좁아지고 흐릿해질 때는,
당산목 나뭇가지에 걸터앉아
그물을 손질하는 그를 찾아간다
바느질하는 그의 긴 손가락이
와이퍼처럼 내 각막을 닦아준다

낙엽처럼 떨어지는
조각 천을 모아 짜깁기해서
무채색의 칸칸에 미끼를 달듯
오감의 문양을 채워 넣어
공중에 그물 병풍을 세운다

구름떼로 몰려다니는
청어들을 그물로 포획해서 살은 발라 먹고
공갈빵 같은 부레와 숨통에 구멍을 내었던 뼈다귀는
그물집 한구석에 쌓아 둔다
그와 공생하는 새들이 가져가서
그들 족속의 오랜 염원의 방식으로
허파 속에 꽈리로 채워 넣고
날개 죽지에 심으로 다져 넣어서

견비통을 견디며 천산산맥을 넘을 수 있다

피톨에 쇠 편자가 박혀
중력에 항거하다 버둥거리며
바람에 쓸려 다니지 않고, 차라리
절벽의 낙석처럼 수직으로 떨어지고 싶어
매일 밤 번지점프에 중독되어버린
몽상가를 새벽마다 건져올리는 것도,
빛살무늬로 직조한 강보 같은
그의 그물 해먹이다.

— 「허공의 어부」 전문

이 작품은 허공에서 그물질하는 어부라는 독창적 형상을 통해 시인으로서의 자의식을 토로한 인상적인 시편이다. 시인이 찾아가는 '그'는, 앞에서 본 시원적 이미지를 다시 한 번 환기하면서, '시인'으로서의 메타적 형상으로 다가온다. 시야가 좁아지거나 흐릿해질 때, 시인은 "당산목 나뭇가지에 걸터앉아/ 그물을 손질하는 그"를 찾아간다. "바느질하는 그의 긴 손가락"은 혼탁해진 시인의 각막을 닦아주고, "오감의 문양을 채워 넣어/ 공중에 그물 병풍"을 세워주기도 한다. 여기서 "오감의 문양"은 그 자체로 감각적 언어예술로서의 '시'를 은유하고 있거니와, '그'와 공생하면서 '그'가 허공에서 낚아 올린 것들을 가져가 자유롭게 날아다니는 새들은 '시인'의 영혼을 닮아 있다. 그렇게 '그'는 공생과 공감과 공명의 사유와 감각을 통해 "바람에 쓸려 다니지 않고, 차라리/ 절벽의˙낙석처럼 수직으로 떨어지고"자 하는 "몽상가를 새벽마다 건져 올리는" 사람이다. 그러니 자연스럽게 "빛살무늬로 직조한 강보 같은/ 그의 그물 해먹"은 김세영 시인이 생각하는 '시 쓰기'의 공간이라고 해도 좋을 것이다. 여기서 '허공의 어부'는, "격정과 몽상의 짐승으로" 살아가면서 "새로운 신화의 텍스트"(「지중해에서 변이하다」)를 써가는 시인의 형상이자, "붉은 기억의 문양들이, / 수많은 벽돌들로 쌓은"(「알함브라」) 세계를 언어로 번안해가는 시인의 형상이기도 할 것이다. 그러니 이번 시집은 시인 스스로의 말대로 "허공의 해류를 떠도는// 청어 떼를 품으려고 던진// 어부의 그물망, // 하늘 거미의 집"(「시인의 말」)인 셈이다.

이처럼 김세영 시인은 현실에 즉卽한 정신적 고투 대신, 현실을 넘어선 시원적이고 스케일 큰 시적 상황과 캐릭터를 통해 '시'에 대한 자의식을 선보인다. 곧 궁극적 자아 탐구로 남을 수밖에 없고 심미적 축약을 욕망할 수밖에 없는 '시'에 대해 적극적으로 사유하는 의식을 보여준다. 그래서 자연 사물을 통한 대상화代償化를 쉼 없이 수행하면서, '시인' 자체에 대한 시원적 탐색에 무게중심을 현저하게 할애해간다. 그 점에서 김세영 시편은 '시' 자체에 대한 경험적 고백이자 다짐의 예술이다. 여기서 시인은 도구적 언어를 다루는 사람을 뛰어넘어, 언어를 찾아 헤매는 존재로 몸을 바꾸게 된다. 우리는 김세영 시인의 이러한 감각이 언어의 표층적 기능을 넘어 언어 자체에 대한 심층적 탐색을 심원한 차원에서 수행하게끔 해갈 것이라고 믿게 된다. 그렇게 시인은 '몸'에 새겨진 강렬한 기억을 통해, 결핍과 충일이 끊임없이 교차하는 시인으로서의 자의식을 증언하고 있는 것이다.

3.

두루 알다시피, '몸'은 인간 존재의 가장 기본적인 처소이다. 그것은 근원적으로 물질 세계에 연계되어 있고, 인간의 의식은 몸을 기반으로 하면서도 우주적 섭리로서 '영혼의 집'을 구현해간다. 김세영 시인은 자신의 시학적 준거를 이러한 몸과 영혼의 상호작용과 연계시키고자 한다. 몸과 마음, 의식과 무의식, 소멸과 생성은 그렇게 호혜적으로 그의 시 안에서 확장해간다. 이 확장 과정을 통해 시인은 숭고하고도 심미적인 세계를 주조鑄造해간다. 아닌 게 아니라, 대체적인 시적 정서는 숭고하고 심미적인 방향으로, 그리고 균형과 조화를 이루는 방향으로 조직되어가는 속성을 지닌다. 하지만 현대시에서는 그것이 비속성 그대로를 노출하기도 하고, 일탈과 부조화로 나아가기도 한다. 하지만 김세영 시인의 상상력은, '몸'이 견지하는 결핍과 충일의 내력來歷을 충실하게 보여주면서, 참된 생명을 찾아가는 에너지로 충일한 채로 우리 시대의 숭고하고도 심미적인 시적 표지標識가 되어주고 있다.

누대의 생에 걸쳐서 보낸 송신을
수천 광년 거리에서 이제야 수신했다고
깜박거리며, 아포피스처럼 다가오지만
그냥 지나치고 말 것이라는 둥,
내 그림자 끄트머리에 잠시 머물다가
개기월식처럼 슬그머니 빠져나갈 것이라는 둥,
허블망원경으로 파파라치처럼 추적하는
나의 간구한 기도의 중력으로 끌려와
손아귀 속에 갇혀도, 타다 남은 운석가루만
손가락 사이로 빠져나갈 것이라는 둥,

유니버설 조인트로 두 손을 깍지 끼어 잡고
거부의 혀를 입 속에 가두고
너트 속에 볼트를 끼우듯 한 몸이 되어도
어느새 몸체 밖, 어둠으로 빠져나가는 너,
너를 호명하며 잡은 대나무가 접신으로 진동할 때
죽통 속의 마디진 파동들이 일제히 공명하여
폭죽으로 터져 나가는 찰나,
순간 진공이 된 통발 속으로 쏙 빨려들어 온 너,

한 덩이 몸빛으로
수천 광년을 달려오다
마지막 기층의 틈 속에서
무거운 몸은 태워버리고

날카로운 빛도 마모되어, 이제

대나무 속청의 떨림 같은

기파氣波로, 어둠 속 하늘거미집 같은

둥지를, 내 울림통 속에 짓지 않을래?

— 「너」 전문

시원적 형상의 '그'를 지나, 시인은 '너'라는 이인칭을 새롭게 불러온다. '너'는 "누대의 생에 걸쳐서 보낸 송신"을 이제 막 수신했다고 하며 다가오는 아포피스 같은 존재이다. 태양 빛을 삼키는 어둠의 뜻을 가진 소행성 '아포피스Apo-phis'는, 지구에 근접하여 운행함으로써 충돌의 가능성을 가끔씩 주는 존재이다. 하지만 '너'는 아포피스처럼 "그냥 지나치고 말" 것이며, 더러는 "내 그림자 끄트머리에 잠시 머물다가/ 개기월식처럼 슬그머니 빠져나갈" 것이고, 궁극에는 "나의 간구한 기도의 중력"에도 아랑곳없이 빠져나갈 것이다. 갖은 방법으로 육체를 결박하고 가두고 한 몸이 되어도 '너'는 어느새 "몸체 밖, 어둠으로 빠져나가는" 존재일 뿐인 것이다. 그러한 '너'를 호명하면서 시인은 어떤 파동들이 일제히 공명하며 터져나가는 찰나에 빨려들어 온 '너'를 발견한다. 그렇게 "한 덩이 몸빛"으로 그리고 "떨림 같은/ 기파氣波로" 존재하는 '너'는, 그야말로 "어둠 속 하늘거미집" 같은 둥지를 가져다주는 존재일 것이다. 이처럼 '너'는 커다란 우주적 스케일을 수반하면서, "보이지 않아도/ 줄기의 수관 속으로 올라온/ 향기가 아우라로 번져"(「코멜리나」)가는

149

궁극적 대상으로서의 의미를 띤다. "별자리에 갇혀 있던 한 생의 잔상들"(「가야 여인」)이 그로부터 번져 나오기도 하는데, 이처럼 김세영 시인은 '나'와 '너'가 그저 수동적 관조자와 대상의 관계가 아니라 함께 삶을 나누어가는 공생적 관계임을 선언한다. 그만큼 그의 시편은 사물의 안쪽에 담겨 있는 우주적 상상력을 가득 펼쳐 보이고 있는 것이다.

　　당신의 탯줄 속으로
　　스며드는 안개의 젖빛,
　　저 몽유의 숨소리

　　하상河床의 수초를 헤치고
　　뻗어가는 붉은 연어,
　　저 팽팽한 원형질

　　이제야 허물을 벗는
　　부드럽고 촉촉한
　　단전의 속살

　　저 농밀한 살풀이
　　저 끈적한 점액

　　몸짓에 감겨
　　꿈틀거리는, 파닥거리는

흰 세포들의 군무

팔랑이는 나비들
날갯짓에 출렁이는,
저 원류의 물소리

끝없이 흘러도
다 호명할 수 없는
저 물결의 이름들

꿈속에서 보았던
아득히 젖은,
저 모성의 목소리!

　　　　　　　　　　　　　—「강」 전문

　'강'이라는 은유를 빌려 '당신'이라는 이인칭을 찾아 나선
시편이다. 시인은 "당신의 탯줄"에서 "몽유의 숨소리"를 듣
고, '강'의 흐름을 역류해가는 붉은 연어들에게서 "팽팽한
원형질"을 발견한다. 이 '몽유'와 '원형'의 몸짓은, "이제야
허물을 벗는/ 부드럽고 촉촉한/ 단전의 속살"로 이어지면서
생성적 모태로서의 '강'을 도드라지게 해준다. 그렇게 자연
사물들이 이루어가는 "농밀한 살풀이"와 "군무"는 끈적한
점액과 몸짓으로 감싸여 있는데, 이렇게 꿈틀거리고 파닥
거리고 팔랑이고 출렁이는 "원류의 물소리"는 곧바로 모든

존재자들을 생성시키는 "아득히 젖은, / 저 모성의 목소리"일 것이다. 여기서 시인이 바라보고 듣고 만지는 '당신=강'은, 일차적으로는 "꽃잎의 젖은 그림자처럼/ 속살로 번져가는 검은 멍 자국"(『오래된 사월』)이겠지만, 궁극적으로는 "달빛에 투영된 꽃문양 화석 하나"(『덩아돌하』)이자 "안개를 헤치고 세워야 할 무상無相의 집"(『바람의 시제』)이기도 할 것이다.

물론 모든 사물은 일정한 시공간 속에서 있다가 그 물리적 유한성으로 인해 결국 사라져간다. 그 어떤 사물이나 현상도 어떤 곳에 순간적으로 존재했던 것에 지나지 않는 것이다. 이러한 소멸의 물리 형식을 통해 시인이 말하고자 하는 것은, 유한한 기억 속에 웅크리고 있는 불모와 폐허의 형상으로서의 삶이다. 이러한 사유와 감각은 김세영 시학을 구성하는 원질原質이 되어 좀 더 심화된 형상으로 펼쳐져간다. 그렇게 김세영 시인은 '영원한 몽상가'로서, 인간과 자연, 몸과 마음, 생성과 소멸이 불가피한 공존 관계임을 역설해간다. 이 모든 것이 시원과 몸을 근간으로 하는 감각에서 온다고 할 수 있을 것이다.

4.

이렇게 '그'라는 삼인칭과 '너=당신'이라는 이인칭을 모색하던 김세영 시인은 궁극적으로 일인칭으로서의 자기 탐구에 자신의 시를 바쳐간다. 시인은 희미해져버린 과거를 재현하는 '기억'의 원리를 일관되게 구현하지만, 그것은 동시에 자신의 상처를 들여다보는 성찰의 모습이기도 할 것이다. 그의 시학에서 기억과 성찰은 이처럼 한 몸으로 움직여간다. 일찍이 파스O. Paz는 『활과 리라』에서 "일상적인 개념에서 시간은 미래를 지향하는 현재이지만 숙명적으로 과거에 닻을 내리는 미래가 된다."라고 말한 적이 있다. 김세영 시편 안에는 이러한 속성 곧 과거를 말하면서도 그 안에 미래를 향한 치유의 에너지가 담겨 있는데, 이제 우리는 그 시간 형식으로서의 절절한 자기 고백과 탐구 과정을 김세영 시학의 원형으로 보아도 좋을 것이다.

> 나는 자전거를 탈 줄 모른다
> 나의 부끄러운 일급비밀이다
> 걸음마도 늦게 시작한 선천성 평형 장애자이다
>
> 어릴 적 세발자전거를 타다
> 두발자전거로 승급을 못 한 것이다
> 무릎이 몇 번 깨어진 후 날기를 포기한 새가 되었다
> 어른이 되어서도 그 세발자전거를 남몰래
> 세반고리관에 장착하고 다니고 있다
>
> 양재천 길을 걸어가면 나를 앞질러서
> 바람처럼 자전거를 타고 가는 사람들이 부럽다
> 가끔 외발자전거를 타고 가는 사람을 보면 신기롭다

자전과 공전을 하는 세상에서
센스 없고 균형감각 없는 장애를 숨기고
중심 잡으며 지금껏 살아오느라 힘이 들었다

나의 기특한 세발자전거도 이제는 낡고 닳아서
베어링의 볼이 빠지고 체인이 헐거워져서
요즈음은 이석증과 이명으로 어지러울 때가 많다.
— 「자전거 타기」 전문

시인은 자전거를 탈 줄 모른다는 "부끄러운 일급비밀"을
털어놓는다. 한 걸음 더 나아가 "걸음마도 늦게 시작한 선천
성 평형 장애자"라는 고백을 이어간다. 마치 "선천성 심실
중격결손증인 나는/ 검은 입술의 신생아 때부터/ 허기가 질
때마다 붉은 꽃잎을 따먹는다"(「흑장미」)라는 고백처럼, 실제
적 층위의 자기 연원淵源을 드러내는 순간이 아닐 수 없다.
그렇게 시인은 "무릎이 몇 번 깨어진 후 날기를 포기한 새"
처럼 "세발자전거를 남몰래/ 세반고리관에 장착하고 다니
고" 있을 뿐이다. 바람처럼 자전거를 타고 지나가는 사람들
이 순간적으로 부럽기는 하지만, 자신은 오히려 "자전과 공
전을 하는 세상"에서 장애를 숨긴 채 중심을 잡고 살아온 삶
에 대해 깊은 연민과 자긍自矜을 느끼고 있다. 그런데 세반
고리관 안에 장착하고 다니던 그 "기특한 세발자전거"도 이
제는 낡고 닳아버렸다. 그 낡고 닳은 시간 끝에 찾아온 "이
석증과 이명"은 '자전거 타기' 대신 '자전거 없이 중심 잡기'

를 해온 시인이 최근 겪고 있는 병증病症이겠지만, 그 귓속의 울림처럼, 그것은 "바람에 날려가는 것이 아니라/ 자신의 가벼움으로 올라가는" 동시에 "중력에 끌려가는 것이 아니라/ 자신의 무거움으로 내려가는"(「해우」) 자유로운 삶에 대한 긍정의 고백이기도 할 것이다.

숨길도 얼어붙어
빙폭으로 드리워진 하늘 자락

유성처럼 미끄러져 내려오는
천 개의 빛살을 가진 한 사람

남산의 돌계단을 내려오는 그가
방전된 시간 바늘이 온몸에 꽂혀
달빛에 번뜩이는 고슴도치 같네

어긋나 지나쳐버린
그때 그 사람을 다시 만날 수 있을지
천년 묵은 달이 길 위에 영사하는
옛 도성의 흔적을 더듬어 가네

달하 노피곰 도다샤
어긔야 머리곰 비취오시라

아직 육탈하지도 않은
설익은 그리움에 몽유하는
나를 보고, 마애불이 설핏 웃는구나

동 트자, 혼백의 그림자만
향나무 밑에 남겨두고
황망히 돌아가는 저 사람

어긔야 즌데를 드디욜세라
어긔야 어강됴리

나뭇가지에 걸린 청동거울,
그 속에 비친 나와 뒷모습이 닮았구나

어긔야 어강됴리
아으 다롱디리

　　　　　　　　　　　　　―「천년 묵은 달아」전문

　　백제 가요 「정읍사井邑詞」의 서사적 흐름을 좇아가면서 '나'
의 모습을 탐색하고 있는 시편이다. "빙폭으로 드리워진 하
늘자락"과 "천 개의 빛살을 가진 한 사람"을 대조적으로 설
정한 이 시편에서 '나'는, "어긋나 지나쳐버린/ 그때 그 사람"
에 대한 그리움을 강렬하게 토로한다. "아직 육탈하지도 않
은/ 설익은 그리움"에 몽유하는 '나'는, "혼백의 그림자만/

향나무 밑에 남겨두고/ 황망히 돌아가는 저 사람"에게 상상적으로 가닿으려는 '시인 김세영'의 비유적 분신이 아닐 수 없다. 그렇게 "나뭇가지에 걸린 청동거울" 속에 비친 '나'의 뒷모습은, 마치 윤동주의 「참회록」에서처럼, "어느 隕石 밑으로 홀로 걸어가는/ 슬픈 사람의 뒷모양"으로 다가온다. 이 슬픔과 그리움은, 앞에서 본 '선천성 평형 장애/심실중격결손증/이석증/이명' 등을 지니고 살아온 이의 자기 긍정 방법이요, "다 버리지 못한, 인화성 강한 기억들이 몸속 구석구석에 쌓여 있는"(「흑해에서 사르다」) 것에 대한 정서적 대응 방법일 것이다. 이 모든 것이 "최대 진폭의 공명으로/ 온 척추 마디마디가 떨리는"(「곱사등이의 노래」) 기억에 대한 자기 긍정의 탐구 의지가 발현된 결실일 것이다.

이처럼 김세영 시편은 '나'라는 일인칭에 의해, 더 정확히는 그 일인칭의 정서적 슬픔과 그리움에 의해 포착되는 대상들에게 자신의 경험과 기억을 저며넣는 방식으로 씌어진다. 대상을 대상 자체의 특성으로 묘사하고 사물 스스로 주체가 되게 하는 어법과 그의 시는 근원적으로 차원이 다르다. 이 점은 매우 중요한데, 그의 시편은 '나'의 경험과 무의식을 사물과의 우의적寓意的 유추 관계 속에서 써가는 방법에 의해 씌어지고 있고, 궁극에는 풍경을 전경화한 후 거기에 자신의 감각과 정서를 병치시키는 작법을 취하고 있기 때문이다.

5.

　우리가 잘 알고 있듯이, '몸'은 인간을 구성하는 가장 구체적이고 감각적인 물리적 실체이자 모든 문화가 생성되는 최초의 지점이다. 하지만 그동안 '몸'은 '이성(정신)'에 비해 현저하게 그 중요성이 떨어지는 범주로 평가절하되어왔다. 그러다가 근대가 억압해온 가치론적 범주로서의 '몸'은 서서히 부활하게 된다. "몸을 통한 세계의 무한한 해석 가능성"을 강조했던 니체F. Nietzsche를 연상시키는 이러한 패러다임 전환은, 마이너리티의 목소리로 존재하던 육체성의 발현을 도우면서 당당하게 자신만의 역동적인 인식론적 표지를 그려가게 된다. 이러한 움직임은, 말할 것도 없이, 그동안의 인류 역사가 '몸'에 대한 억압의 역사이자 이성 편향의 불구적 역사였다는 점을 잘 보여준다. 또한 이는 가장 구체적인 원형적 실체인 '몸'이 근대의 항구적 타자로 몰려 있던 역사에 대한 재발견을 통해 인간의 '지워진' 역사를 복원하려는 기획이며, 억압된 육체에 대한 기호화의 과정이기도 하다. 김세영 시학의 미적 차원은, 이러한 '몸'의 미학을 복원하는 데 무게중심을 할애하고 있다는 점에 그 독창성이 있다 할 것이다.

> 절지동물보다 마디가 많다
> 그들보다 무게가 많아
> 아파서 못 쓰게 된 마디가 많다

직립으로 걸을 때부터
발가락 마디마디들
발목, 무릎, 고관절들이
크랭크축처럼 움직여 왔다

앞발의 자유를 지키기 위해
손가락 마디마디들
손목, 팔꿈치, 어깨 관절들이
삼단노선의 노잡이처럼 움직여 왔다

손가락 마디를 꺾으며
캐스터네츠 소리를 낸 적도 있었지만
이제는
팔을 들면 어깨마디에서
일어서면 무릎마디에서
뚝, 나뭇가지 부러지는 소리가 난다

꼬리뼈마디를 텔로미어처럼 깎아내는
손목시계의 초침의 칼날이
매장된 기억의 무덤을 파헤쳐서
소리 뼈마디 하나를 보여준다

내 손목을 놓지 않으려던 굳은 마디의 손목이
무게를 견디지 못해 부러지는 노송의 가지처럼

뚝, 꺾어지며 들렸던, 그 마지막 소리를,

직립원인이 된 지도 백만 년이 훨씬 지났는데도
아직도 서툰 직립보행으로 발목이 잘 접질리고
등뼈 마디마저 가끔 삐끗하여
유인원의 보행법이 그리울 때가 있다

짧고 마디진 다리로 긴 몸통을 받쳐 들고
산악열차처럼 올라가는 절지동물의 보행법을
깔딱고개에서 흉내 내어 볼 때가 있다

절지동물보다 마디가 많다
그들보다 오래 살아
굳어서 못 쓰게 된 마디가 많다.

— 「마디」 전문

　　제9회 미네르바 작품상 수상작이기도 한 이 시편은, '마
디'라는 은유를 통해 인간 '몸'의 철학적이고 미학적인 해석
을 도모한다. 이는 시인 고유의 인생론적 성찰 과정을 병리
학적 상상력으로 그려낸 가편佳篇으로서, 이때 작품 제목 '마
디'는 우리 몸을 구성하는 '마디'이자, 우리 삶을 구성해온 시
간 단락으로서의 '마디'이기도 하다. 흡사 크랭크축처럼, 노
잡이처럼, 오랫동안 움직여온 시인의 '마디'는, 이제 아파 못
쓰게 된 것이 많고, 여기저기서 "뚝, 나뭇가지 부러지는 소

리"가 날 정도로 낡았다. 하지만 그 안에는 "손목시계의 초 침의 칼날이/ 매장된 기억의 무덤을 파헤쳐서/ 소리 뼈마디 하나를 보여준"다는 묵시적 경험이 날카롭게 들어 있지 않은 가. "노송의 가지처럼/ 뚝, 꺾어지며 들렸던, 그 마지막 소 리"는, 그 점에서 시원을 그리워하는 노경老境의 한 자연인이 들려주는 근원적 목소리이기도 할 것이다. 그래서 "오래 살 아/ 굳어서 못 쓰게 된 마디"는 인간의 불가피한 존재조건이 자, 더없이 소중한 삶의 결실이기도 할 것이다.

이처럼 김세영 시편은 매우 신선한 상상력과 언어를 통해 오랜 물리적 기억을 구체적 이미지로 정교하게 변환시키는 과정을 선명하게 보여준다. 시간의 흐름 속에 놓인 풍경과 내면의 결속 과정을 아름다운 표상으로 잡아내면서, 존재와 시간의 관계를 한결 더 심미적인 "기억의 파동"(『첨성瞻星』)으 로 형상화해간다. 모두 '몸'의 구체적 이미지와 생명을 존중 하는 시정신이 깃들인 세계라고 할 수 있을 것이다. 이때 그 는 "성벽이 다 녹아내리기 전에/ 날개의 문양으로 재현하기 위해"(『나비의 창세기』) 시를 써가는 미학적 사제司祭가 된다.

바다와 사막,

그 끝없는 전선

바다의 파도는 모래를 밀어 올리고

사막의 바람은 모래를 쓸어 내린다

그 전선의 해안에

나미브의 양서류가 산다

아득한 시절
양수 속의 태아처럼 살았지만
아가미가 굳어
어깨뼈가 된 지 오래인지라
바다로 돌아갈 수 없다

새벽안개 속, 소수스플라이의
붉은 모래언덕 위의 스테노카라처럼
물구나무서지도 못한다

수십 개의 위버 새둥지를 품은
에보니나무처럼 수십 미터 깊이
모래 속으로 뿌리내리지도 못한다

제의를 올리듯 앞발을 치켜들고
해 뜨는 수평선과
해 지는 사구의 능선을
방울눈으로 바라본다

축복처럼 비가 내려
잠시 황무지에 풀이 돋을 때,
페어리 서클 안에 들어가
그의 어깨뼈를 묻는다
바다와 사막이 함께 잠드는

태반 같은 무덤이 된다.

—「나미브의 양서류」 전문

　시인이 경험적으로 답사하고 있는 이 "바다와 사막,/ 그 끝없는 전선"은 아마도 삶을 은유하는 공간적 형상일 것이다. 그렇게 '바다/사막' 혹은 '파도/모래'의 상호작용은, 그 자체로 그 전선戰線으로서의 삶을 잘 보여준다. "아득한 시절/ 양수 속의 태아"처럼 살기도 하였고 이제는 아가미가 굳어 바다로 돌아갈 수 없는 해안의 양서류처럼, 시인은 "모래 속으로 뿌리내리지도" 못하는 가파르고도 불모적인 인간 보편의 삶을 노래해간다. 그래서 그것은 시인 자신의 삶이라기보다는, 축복처럼 비가 내려 잠시 황무지에 풀이 돋는 순간처럼, "바다와 사막이 함께 잠드는/ 태반 같은 무덤"으로 비유되는 인간 보편의 존재조건에 대한 적실한 은유로 다가오는 것이다. "새벽별 하나가/ 혼불 한 조각을 화살촉에 붙여"(「해맞이」) 지상으로 쏘는 것처럼, "새벽 독경소리가, 세상의 첫 소리로 들리기 시작하는"(「일주문」) 것처럼, 거대한 시원의 시공간을 펼쳐가면서 시인은 생명의 경이로운 순간들을 노래하는 것이다.

6.

　지금까지 우리가 읽어왔듯이 김세영의 이번 시집은, 시원과 몸의 탐구를 통한 형이상의 존재론을 밀도 있게 보여준 창의적 결실이다. 형이상적 의지로 충일한 그의 시편들은 우리 시단에 매우 드문 시적 공명을 전해주는데, 그는 그렇게 심미적 자연을 섬세하게 돌아보면서도 그 안에서 가장 근원적인 삶의 이치를 적극 발견해간다. 자신이 써가는 '시'에 대한 깊은 자의식을 토로하면서도, 그는 '영원한 몽상가'로서 인간과 자연, 몸과 마음, 생성과 소멸의 관계를 통합적으로 역설해간다. 이 모든 것이 시원과 몸을 근간으로 하는 감각에서 온다고 할 수 있을 것이다.

나아가 김세영 시편은 '나'라는 일인칭의 정서적 슬픔과 그리움을 통해 대상들을 묘사하면서, '나'의 경험과 무의식을 사물과의 유추 관계 속에서 써가는 방법을 견고하게 유지해간다. 김세영 시학이 가닿은 이러한 차원들은 시원과 몸에 대한 지극한 사유와 감각이 거대한 시공간이 펼쳐내는 과정에서 이루어지는 것이다. 그래서 우리는 생명의 경이로운 순간들을 노래하는 이 형이상의 표현이 우리 시단을 한동안 밝혀줄 것이라고 기대하게 된다. 그리고 다음에 펴낼 네 번째 시집에서는 이러한 지향이 더욱 영성과 관련된 깊이를 첨예하게 획득해가지 않을까 예감하게 된다. 아닌 게 아니라 이번 시집은, 그러한 진경進境을 가늠케 해줄 김세영 시학의 중요한 '마디'가 될 것이다. 그리고 우리는 이번의 '마디'를 딛으면서, 김세영 시학이, 더욱 심원하고 심미적인 형상과 언어로 이월해가기를, 마음 모아 기원해보는 것이다.